CW00835651

Mempo Giardinelli

El castigo de Dios

(Cuentos)

Argentina, Brasil, Colombia, Costa Rica, Chile,
Ecuador, EE.UU., España, Guatemala, México, Panamá,
Puerto Rico, Venezuela

Composición: Interamericana Gráfica S.A.
Diseño de tapa: Irene Banchero

Empresa adherida a la Cámara Argentina del Libro

Primera edición: mayo 1993

I.S.B.N.: 950-718-076-1

Hecho el depósito que marca la ley 11.723

Impreso en Argentina

*"Los géneros literarios son una ilusión.
Imaginamos historias, y lo único que podemos
hacer es acabar su forma, que siempre es anterior a
las palabras, aceptar sus leyes y tratar de no
equivocarnos demasiado"*
Abelardo Castillo

*"Para eso son las historias. Las historias son para
unir el pasado al futuro. Las historias son para las
horas tardías de la noche, cuando no puedes
recordar cómo llegaste de donde estabas a donde
estás. Las historias son para la eternidad, para
cuando el recuerdo es borrado, para cuando no
queda nada que recordar salvo la historia"*
Tim O'Brien

Indice

Índice

Meheres come moras, esperando

MEHERES ESTA EN el patio, subido a la profusa morera, y mastica una fruta cada tanto. Lo hace distraídamente, y piensa que el invierno sigue teniendo cara de verano. Hacen 22 grados a la sombra, calcula, y la siesta es tentadora. De hecho, la ciudad duerme y todo está tranquilo. Dora ronca en el dormitorio, los chicos están en la escuela, y él está esperando.

Hay un muro de ladrillos, de dos metros de alto, que separa ambas propiedades. Desde la horqueta en la que está sentado, en la esquina de su patio, puede ver el muro desde arriba (y dos hileras paralelas de hormigas que recorren la parte superior) y también domina el patio vecino. En los dos hay ropas tendidas. En el de los Lucuix hay, además, hacia el otro extremo, un gallinero alambrado y adentro media docena de ponedoras, un gallo viejo que se llama Pocho y unos pocos pollitos extrañamente silenciosos. Meheres come otra mora mientras compara las dos casas, que son gemelas y cuyas partes traseras observa equidistante. La de los Lucuix está más descascarada que la suya. El la pintó hace cuatro años; los Lucuix hace como diez o doce. Si ahora hiciéramos un gallinero, también sería más nuevo. Piensa. Y piensa que el Doctor Lucuix, farmacéutico diplomado (como gusta presentarse) es un avaro y un imbécil. O no: un imbécil y un avaro. ¿O no? ¿En qué orden? Y come otra mora porque está esperando.

Una avispa negra y culona zumba cerca de Meheres. En cuanto la advierte, se le eriza la piel. Son terribles, las cabichuí. Malas como la envidia militante de alguna gente. Piensa. A Dora, sin ir muy lejos, una de éstas le hizo un moretón así que le duró dos semanas. Recuerda. Hasta hubo que llevarla al hospital.

Se queda quieto, como en rigor mortis, y se pregunta cómo será estar muerto. La cabichuí sobrevuela su cabeza; siente no sólo el zumbido sino hasta la brisita que produce. Bicho jodido, piensa Meheres. Como ofendida, la avispa se desvía bruscamente y se dirige a una mora gorda que cuelga de una rama de más arriba. La sobrevuela, hace un par de giros locos y después se aleja. Se apaga el zumbido y Meheres vuelve a respirar, aunque sigue tenso. La tensión parece que disminuirá lentamente, pero eso no sucede porque Meheres ve a través de la ventana del comedor de los Lucuix el paso silencioso, para él furtivo, de Griselda Lucuix.

Meheres observa, desde su atalaya, la ventana de la cocina, pero no distingue a Griselda. O sea que no se ha dirigido a la cocina. Pero tampoco la ve retornar al comedor. Ni está tras la puerta que hay en medio de las dos ventanas. Mira entonces hacia las ventanas con la puerta en el medio que tiene su propia casa y confirma que no hay nadie. Los chicos de Lucuix también están en la escuela, con los suyos. Y Dora duerme en el dormitorio que es idéntico al dormitorio en el que duerme el Doctor Lucuix, farmacéutico diplomado. Entonces arranca otra mora y se la lleva a la boca, sin dejar de vigilar ambas casas, mientras piensa que ya son las dos y media de la tarde y enseguida va a empezar lo que está esperando.

Y empieza: Griselda Lucuix abre de par en par la ventana del comedor, e incluso desliza hacia un costado la tela metálica antimoscas. Se queda ahí, mirando hacia algún punto del cielo, con la barbilla levemente alzada, como hacen las directoras de escuelas en los actos celebratorios, y empieza a desprenderse los botones de la blusa blanca.

Meheres primero pestañea, cuando ve que ella abre la ventana, y luego se dispone a hacer su parte. Lo que Meheres ve es sólo el torso de Griselda Lucuix; desde donde está, en la horqueta, la ve exactamente de la cintura hacia arriba. El la recorre con su mirada mientras ella se abre la blusa, y siente que su excitación crece sostenidamente. Ella no lo mira, aunque obviamente sabe que él está allí, en el árbol, y precisamente el no mirar al hombre sino hacia el cielo infinito es lo que la excita y le brinda, de paso, una expresión mezcla de ausencia y ternura como se ve en las Madonnas con Niño de Leonardo. Meheres se palpa la entrepierna, siente cómo se le endurecen los músculos, y luego abre la bragueta y extrae su pene, que agarra con firmeza con la mano derecha.

Griselda Lucuix, a todo esto, se saca la blusa y se quita también el corpiño y entonces es como si le explotaran los pechos magníficos, grandes de modo que sólo manos enormes podrían apresarlos, blandos por haber dado vida y salud pero aún firmes porque ella es joven y sólo un poco regordeta. Se acaricia los pechos y entorna los párpados y entreabre la boca, porque está gozando imaginariamente. Hasta que de pronto abre los ojos, como asustada, y entonces busca a Meheres con la vista y lo encuentra en el sitio en el que indudablemente debía encontrarlo. Meheres está acariciándose el sexo con suaves y rítmicos movimientos de su mano, respirando por la boca entreabierta y reseca por el deseo, y en los ojos tiene una rara expresión que combina el éxtasis con la frustración, el amor con el dolor.

La expresión de Griselda Lucuix cuando encuentra la mirada de él luego de un segundo, pasa del susto a la ternura, del miedo a la urgencia. Ahora cada una de sus manos agarra un pecho por la base. Los aprieta con movimientos circulares hacia arriba, los dedos índices rozan los pezones y su excitación crece. Sus ojos, que son del color de la miel, se vuelven más acuosos y cristalinos, y lanzan destellos; son como ojos que hablaran y no de cualquier cosa sino de amor, y de amor preñado de deseo. Griselda Lucuix siente, en lo profundo, que en ese preciso momento se está entregando al hombre que ama. No cierra los ojos pero es como si lo hiciera porque su imaginación traspasa a Meheres, quien con expresión estólida y aparentemente vacía acelera el meneo de su mano. El placer llegará en segundos; el dolor también. Y para ella habrá como una explosión interior cuando vea el placer en los espasmos de Meheres, quien de pronto empieza a eyacular, todo él un temblor, abriendo la boca, desesperado, y mirando los ojos color miel de Griselda Lucuix, que lo mira con los ojos más húmedos aún y siente que todo su cuerpo también tiembla, también espasmódico, porque mientras con la mano derecha se acaricia los pechos con más y más energía, su mano izquierda (que Meheres no ve) gira enloquecida haciendo círculos milimétricos sobre su pubis. Y así, acezantes y convulsos, los dos alcanzan sus respectivos orgasmos a un mismo tiempo, sin dejar de mirarse con miradas intensas, acuosas, desgarrantes.

Después se quedan un rato así, y todavía se miran cuando se recomponen, despaciosamente. Se les normaliza la respiración, él sacude su sexo y al cabo lo guarda dentro del pantalón, mientras ella detiene el frotamiento de sus pechos, los reacomoda dentro del corpiño, se pone la blusa y abrocha despacito todos los botones, uno por uno.

Es imposible precisar exactamente cuándo se separan sus miradas. Pero sucede en el instante en que se interrumpe la intensa conversación que han sostenido, en el momento en que se separan como se separan los amantes, que posiblemente es el momento en que Griselda Lucuix corre la tela metálica sobre el deslizador del alféizar de la ventana, o el momento en que Meheres toma una mora de una rama alta y se la lleva, distraídamente, a la boca. •

Madrid, octubre '90 / Coghlan, Julio '91.

13

Nadie va a creer esto

Para Viviana Boglietti

-CHE, ¿QUE SERA esa luz que nos viene siguiendo? - dijo de pronto la Yoli, señalando por la ventanilla hacia su derecha.

Yo, que iba al volante, me incliné un poco, miré más allá de ella, y vi una luz muy rara, como una rayita blanca con destellos verdes y rojizos, que marchaba a indefinible altura y a imprecisa distancia de nosotros, como acompañándonos.

Claro que yo sé que nadie va a creer esto, pero no puedo dejar de contar lo que nos pasó. La Yoli es mi más vieja e íntima amiga -dije amiga; jamás hubo otra cosa entre nosotros- y esa vez viajó conmigo porque la convencí de que le vendría bien un cambio de rutina. Ella va al Chaco casi todos los meses, pero en avión. No hay muchos como yo, que adoren atravesar esas interminables y aburridas sabanas en un viejo R-12.

Salimos a eso de las cinco de la tarde, y cenamos livianito una marucha con ensalada en Rosario, de donde partimos como a las diez. Pasada la medianoche ya habíamos tomado un cafecito en un ACA de la autopista a Santa Fe y dejado atrás esta ciudad. A eso de las tres de la mañana, más o menos, estábamos entre Calchaquí y Vera y la Yoli cebaba mates y me daba charla para mantenerme despierto. Fue entonces que ella vio esa luz que primero nos causó curiosidad (porque avión no es -dijo-, ni en pedo es avión) y después desconfianza, y temor, y un montón de cosas más que no terminaría nunca de adjetivar.

Porque uno es un tipo racional, siente pudor al narrar esto. Pero me pasó y bueno, no puedo dejar de contarlo. Era una cosa muy loca esa luz que nos acompañaba y se acercaba y se alejaba. Primero nos produjo asombro, después pavura, y al final nosotros interpretamos que era una señal. Esa luz en movimiento, de alguna manera, nos proponía algo. Al principio aceleré, por impulso, pero enseguida aminoré la velocidad para ver mejor, y decidí marchar lentamente, como si anduviéramos de paseo, a unos cuarenta kilómetros por hora. No me animaba a detenernos, ni pensé en bajar del coche, porque no había nadie en la carretera y la inmensidad, y el silencio, aunque en esos parajes los conozco de toda mi vida, se me hicieron de pronto aterradores. No había ni un alma en todo el mundo, eso ahí era evidente. De golpe era evidente. Que no nos cruzáramos con coches o camiones, no dejaba de ser normal, dadas la hora y esa parte tan desolada de la ruta 11. Pero la sensación era más absoluta: la de estar completamente solos en el mundo. Además hacía un calor infernal, y era domingo.

La Yoli estaba muda, y miraba la luz como encandilada. No, sin "como": estaba encandilada. Yo le miraba la nuca y me daba cuenta: más allá de ella, a un costado de su cachete, veía la luz que pasaba del brillo plateado al rojo, y al amarillo, al verde, al azul, como un arco iris redondito, una bolita iris, digamos, que tenía cola y parecía viva. Y es que estaba viva.

-Es un ovni -dijo ella-. Había sido que existen.

La luz marchaba sobre la derecha y adelante del coche. Si yo aceleraba, también la luz. Si frenaba, también. Y nos encandilaba a los dos, digo encandilar no porque nos deslumbrara por la cantidad de luz, no era una cuestión de intensidad; digo encandilar porque no podíamos apartar la vista de la luz. Incluso en determinado momento me di cuenta de que ya no miraba la carretera. Ni siquiera gobernaba el volante. Era una cosa muy loca.

Pero lo más impresionante vino después, al cabo de unos cuantos segundos, o minutos (no lo sé, porque perdimos toda dimensión del tiempo), cuando el andar del coche se hizo mucho más veloz, y sereno, y silencioso, o sea, digo, cuando alzamos vuelo. Sí, sé lo que estoy diciendo. Ni estaba ni estoy borracho, y ya sé que nadie va a creer esto, pero es la pura verdad. Qué le voy a hacer si no puedo probarlo. Pero nosotros, de golpe, empezamos a volar y yo ya no manejaba. Éramos una nave en el espacio, y la Yoli y yo con un susto tremendo. Lo primero que hicimos fue tomarnos de las manos como hermanitos perdidos en el aeropuerto Kennedy, que yo una vez fui y me imaginé cómo sería perderse ahí, siendo niño. Y nos apretamos las manos como transmitiéndonos una fuerza que ninguno sentía pero que los dos atribuíamos al otro.

Soy consciente de que suena a disparate, pero nosotros volábamos con coche y todo, y el R-12 navegaba en el espacio tan bien como la Apolo Once. Volar era una maravilla, algo que daba gusto; nos fuimos alejan-

do de la ruta rumbo al Paraná, y era una delicia porque
como no alcanzamos demasiada altura podíamos ver
perfectamente, abajo, la carpeta verde de los bosques, y
el camino brillante que era el río a la luz de la luna. Vimos un barco que remontaba las aguas hacia el Paraguay, las luces rojas y blancas en los extremos de una
jangada larguísima, y una que otra linterna de pescado-
res cerca de las orillas. Vimos también unos bancos de
arena que habrán estado a la altura de Goya, o de Be-
llavista, digo yo, sobre la costa correntina, y después
un grupo de islas de vegetación asombrosa y llenas de
monos que la Yoli dijo que nos saludaban, mirá ché,
nos saludan, y era una cosa de locos, de no creer de no
haber sido que era cierto, porque todo eso sucedía y no
estábamos ni borrachos ni soñando.

El encandilamiento se nos pasó, y la verdad es que
los dos estábamos muy asustados pero también cho-
chos, felices porque sabíamos que lo que pasaba era algo sobrenatural pero nos sucedía a nosotros y eso era un
privilegio. La Yoli se emocionó tanto que se largó a llorar, y cuando yo le pregunté por qué lloraba, si era por
miedo, me respondió "no, boludo, lloro de emoción,
nunca pensé que me pasaría una cosa así". Y acto seguido hizo silencio, como proponiéndome que cada uno se
metiera en lo suyo. Y lo mío fue que de pronto en el
asiento de la Yoli yo lo veía a mi viejo, que era la persona que más quería cuando era pibe, y me hablaba, era su
misma voz y era su cara, clarita, clarita, lo que yo veía
en el lugar de la Yoli. Y no sé bien qué me decía pero
me hablaba con palabras amorosas, tiernas, y me regala-
ba un hilito rojo (que es mi color preferido) y después
abría tranquilamente la puerta del 12 y se iba caminan-

do en el aire hasta que se perdía en la oscuridad.

Y sí, sonará absurdo pero todo sucedió tal como lo cuento. Incluso la Yoli me dijo, después, que a ella le pasó exactamente lo mismo: en mi lugar se encontró con su vieja, que era la persona que más quería cuando era chica, y su vieja le habló y le dijo palabras similares, dulces, cariñosas, y le regaló una violetita de tela azul que a ella le recordó al moño del vestido de una muñeca que adoraba y que se llamaba Amanda. Y lo más extraordinario de todo fue que ella y yo vivimos esas experiencias sin dejar de estar sentados uno junto al otro, porque yo en ningún momento dejé de estar al volante del 12, ni la Yoli dejó de estar en el asiento de al lado.

El caso es que después que se fueron nuestros viejos hubo un resplandor muy fuerte, más arriba en el cielo, y el coche lentamente, y suavemente, empezó a descender sobre la carretera. Fue como un pase perfecto de torero: el toro se manda contra el capote y durante una fracción de segundo parece que todo el movimiento que hay en el mundo fuera solamente el de la lentísima muñeca del diestro; así de delicado y preciso fue que la luz nos dejó rodando, de nuevo, sobre la ruta 11.

Retomé el mando del coche a unos 60 kilómetros por hora, y la Yoli lloraba, emocionada, con una sonrisa que parecía renacentista, mientras la luz se alejaba, disparada hacia adelante y hacia el Oriente, hasta que desapareció.

Tuve que parar el coche sobre la banquina porque me era imposible manejar. Estaba tan excitado como un adolescente en el momento de desvirgarse, o como un tipo que se encuentra con el Diablo y debe decidir si acepta un pacto o lo rechaza, y todo en un segundo y sin apelación: de pronto sentía una taquicardia que parecía que me iba a explotar el corazón en el pecho. Y en eso pasó un camión, un Scania gigantesco a cien por hora, y pareció que todo temblaba, y al rato un tipo en bici, un paisano madrugador (porque a todo esto eran las cinco y media de la mañana según mi reloj). Y en ese momento en algún lado cantó un gallo, y vi que la Yoli lloraba, y yo mismo me descubrí lagrimeando, y ni ella tenía una violetita de tela azul en la mano ni yo un hilito rojo, y por eso ahora que cuento todo esto pienso que cualquiera supondrá que es puro cuento, una invención, un disparate, y pienso que seguramente hará bien porque diga lo que diga, y escriba lo que escriba, es obvio que nadie va a creer esto. •

Barcelona, octubre '90 / Coghlan, marzo '92.

Naturaleza muerta con odio

USTED NO SABE lo que es el odio hasta que le cuentan esta historia. Hay una enorme tijera de jardinero en el aire, de esas de doble filo curvo y que tienen un resorte de acero en medio de la empuñadura, que de pronto queda suspendida, en el aire y en el relato. Es como una foto tirada en velocidad mil con diafragma completamente abierto. Clic y el mundo mismo está detenido en esa fracción de tiempo.

Ahora hay una ciudad provinciana, chata, de unos cuarenta mil habitantes, mucho calor. Un barrio de clase media con jacarandáes en las veredas, jardines anteriores en las casas, baldosas más o menos prolijas, pavimento reciente. Nos metemos en una de esas casas, y vemos un living comedor en el que hay una mesa, cuatro sillas y un aparador sobre el que está -apagada- una radio RCA Victor al lado de un florero sin flores. También vemos un par de souvenires de madera o de plástico, un cenicero de piedra que dice "Recuerdo de Córdoba" y, en las paredes, dos reproducciones de Picasso, un almanaque de un almacén del barrio, y una lámina de un paisaje marino enmarcada en madera dorada con filigranas seudobarrocas. Sentada en una de las sillas y acodada sobre la mesa, hay una mujer que llora y sostiene un hielo envuelto en un pañuelo sobre su ojo izquierdo, que está completamente morado por la paliza que le dio su marido.

El marido no está en ese living. Hace menos de una hora que se ha ido, luego de jurar que para siempre. No me van a ver nunca más el pelo, ha dicho después de la última trompada, un derechazo de puño cerrado que se estrelló contra el pómulo izquierdo de la mujer. Ella le había recriminado sus mentiras, la continua infidelidad, las ausencias que duraban días, las borracheras y el maltrato a cualquier hora, la violencia constante contra ella y ese niño que ha contemplado todas las escenas, todas las discusiones, todas las peleas, y que en ese momento está sentado en el piso junto a la puerta que da a la cocina, mirando a su madre con una expresión de bobo en sus ojos de niño, aunque no es un chico bobo.

Ese niño ha mamado leche y odio a lo largo de sus nueve años de vida. Ha visto a su padre pegarle a su madre en infinitas ocasiones y por razones para él siempre incomprensibles. Ha escuchado todo tipo de palabrotas y gritos. Se ha familiarizado con los insultos más asombrosos y ha sentido tanto miedo, tantas veces, que es como si ya no sintiera miedo. Por eso su expresión de bobo es producto de una aparente indiferencia. Muchas veces, cuando su padre zamarreaba a su madre, cuando le gritaba inútil de mierda, gorda infeliz o dejáme en paz, el niño simplemente jugaba con autitos de plástico que deslizaba por el suelo, o se distraía mirando por la ventana los gorriones que siempre revolotean en el patio. No sabe que ha mamado también resentimiento, ni mucho menos qué cantidad de resentimiento.

El hombre que es su padre se ha ido jurando que no pisará nunca más esa casa de mierda. Y en efecto, desaparece de la escena, de los ojos fríos del niño. Esa noche no regresa, ni al día siguiente, ni a la semana siguiente. A medida que pasan los días es como si su existencia se borrara también de todas las escenas cotidianas. Por un tiempo parece establecerse una paz desconocida en ese living comedor, en las dos habitaciones de la casa y hasta en el baño, la cocina y el pequeño patio. Pero es una calma sólo aparente. Porque al poco tiempo comienzan las penurias, y las quejas de la madre van en aumento: no tenemos dinero, no podemos pagar el alquiler de la casa, hoy no hay nada para comer, esta ropa no da más, tengo los nervios destrozados, el desgraciado de tu padre.

Una noche la mujer que es su madre entra un hombre a la casa, que se encierra con ella en la habitación durante un rato y luego se va. Al día siguiente ella compra unas zapatillas nuevas para los dos y comen milanesas con papas fritas. Otra noche viene otro hombre y se repite todo, igual que en una película que ya vimos. Cada vez que llega un hombre a la casa y se encierra un rato con su madre, después pueden comprar algunas cosas que necesitan y acaso comer mejor. En el barrio hay murmullos y miradas juzgadoras, que también alcanzan al niño. Y en la casa hay un rencor espeso como chocolate, y juramentos, insultos y llanto son la vida cotidiana. La madre del niño se va agriando como una mandarina olvidada en el fondo de la heladera, y el niño, que siempre está en silencio, ya no juega con autitos ni con nada y se la pasa mirando impávido, como si fuera bobo, los gorriones y el jardín. Nunca tiene

respuesta para las preguntas que se hace pero jamás
formula. El padre es una figura que se va desdibujando
en su memoria a medida que el niño crece y entra en la
adolescencia. Hasta que un día la madre enferma grave-
mente, la fiebre parece cocinarla a fuego lento, y una
madrugada muere.

Ahora hacemos un corte y estamos en la noche de
anoche. Aquel que era ese niño, hoy es un hombre joven
que no tiene trabajo. Ha hecho la guerra en el Sur, fue
herido en un pie, se lo amputaron y ahora cojea una pró-
tesis de plástico enfundada en una media negra y una zapatilla andrajosa. Habita una mugrosa casucha de cartón
y maderas, empalada sobre la tierra, en un suburbio de la
misma ciudad, que ahora es mucho más grande que hace
unos años y ya tiene casi medio millón de habitantes. El
joven sobrevive porque a veces arregla jardines en las
casas de los ricos de la ciudad, vende ballenitas o lotería
en las esquinas de los Bancos, o simplemente pide li-
mosna en la escalinata de la catedral. Siempre silencioso, apenas consigue lo necesario para no morirse de
hambre. Flaco y desdentado como un viejo, viste un
añoso pantalón de soldado y una camisa raída y sucia
como una mala consciencia. No tiene amigos, y muy de
vez en cuando se encuentra con algún ex combatiente
que está en situación similar. Ya no asiste a las reuniones
en las que se decidía gestionar ante el gobernador, los di-
putados o los jefes de la guarnición local. Y apenas algún 9 de Julio mira desde lejos el desfile militar que da
vueltas a la plaza, y oye sin escuchar los discursos que
hablan de heroísmo y reivindicaciones, guardando siempre el mismo silencio que arrastra, como una condena
incomprensible, desde que tiene memoria.

Ese joven ignora la rabia que tiene acumulada, y es más bien un muchacho manso que corta enredaderas por unos pesos, que de vez en cuando le pasa un trapo al parabrisas de un automóvil por unos centavos, y que todas las tardes cualquiera puede encontrar en la escalinata de la catedral, con su pierna tullida estirada hacia adelante. Junto a la zapatilla coloca una lata que alguna vez fue de duraznos en almíbar, y luego parece dormitar un sueño tranquilo porque en esa lata casi nunca llueve una moneda. Cuando empieza a hacerse la noche y las últimas luces se vuelven sombras entre la arboleda de la plaza, el joven se levanta, cruza la avenida y se pierde en esas sombras con su paso de perro herido. Y es como si el silencio de la noche absorbiera su propio silencio para hacerlo más largo, profundo y patético.

Es imposible precisar en qué momento llega a su tapera, un kilómetro más allá de la Avenida Soberanía Nacional, que es el límite oeste de la ciudad. Tampoco se puede saber de qué se alimenta luego de escarbar en los tachos de basura de los cafés. Algunas veces ha bebido una copa de ginebra, o de caña, en las miserables fondas de la periferia, pero nadie podría decir que es un borracho. Más bien, de tan manso y resignado, es presumible imaginarlo tomando mates hasta la madrugada, con yerba vieja y secada al sol, y con agua que calienta en la abollada pavita de lata que coloca sobre fogoncitos de leña.

Ahora hacemos otro corte y nos ubicamos, ayer a la tarde, en la entrada nordeste de la ciudad. Allí, donde desemboca el puente que cruza el gran río, vemos un autobús rojo y blanco que atraviesa rutinariamente la caseta de cobro de peaje, y rutinariamente se dirige al centro de la ciudad. En uno de los asientos viaja un hombre ya viejo que, a través de la ventanilla, comprueba cómo es de implacable el tiempo y cómo todo lo transforma, y cómo lo que alguna vez se sintió propio ya no lo es y más bien parece extraño, y hasta hostil. Incluso con los mejores sueños que uno tuvo alguna vez pasa eso, no piensa, pero es como si lo pensara.

Ese hombre viejo es el mismo que era el padre del niño silencioso que lo escuchó decir nunca más me van a ver el pelo. Ha vivido muchos años en otra ciudad, donde tuvo otra mujer que le hizo la comida y le planchó la ropa y le aguantó el humor, el bueno y el malo, durante todos los años que distancian el momento en que se fue de la ciudad y este momento en que retorna en el autobús rojo y blanco que ya recorre la Avenida Sarmiento rumbo a la plaza principal, y que a él le parece una de las pocas cosas que no ha cambiado: las alamedas con las mismas tipas, lapachos y chivatos, ahora más envejecidos, y el mismo pasto verde y el mismo pavimento que se fue haciendo quebradizo con los años y las malas administraciones municipales. Esa mujer que lo cuidó, en la otra ciudad, acaba de morir, y con su muerte el hombre viejo ha envejecido aún más. También él está enfermo, y no sólo se evidencia por las articulaciones endurecidas y los dolores que lo asaltan cada vez con más intensidad, sino también por la culpa que siente, que él no llama culpa porque ni sabe que lo es, pero que es eso: culpa. Tampoco sabría explicárselo a nadie, pero de modo bastante irreflexivo, como obedeciendo a un impulso que se le empezó a manifestar después del sepelio de la mujer, el hombre viejo decidió regresar a esta ciudad a buscar a su hijo. No sabe dónde está, ni cómo está, ni con quién, ni siquiera sabe si está vivo, pero se ha largado con la misma obstinación irrenunciable de un niño caprichoso, que es lo que suele pasarle a los viejos cuando se sienten atormentados.

El hombre hace preguntas, busca y encuentra a antiguos conocidos, y reconstruye desordenada y dolorosamente los años que han pasado, las arenas que la vida se llevó, hasta que se entera del sitio en que habita su hijo. Entonces toma un taxi y atraviesa la ciudad.

Ahora hacemos el último corte imaginario y los vemos a ambos dentro de la tapera, que mide un poco menos de tres metros por lado y en la cual hay un jergón de paja en el suelo, resto de lo que fue un colchón de regimiento, y una maltrecha mesita de madera que fue del Bar Belén, con dos sillas desvencijadas. El hombre viejo está sentado en una de ellas y llora con la cabeza entre las manos. Tiene los hombros cerrados como paréntesis que enmarcan su rostro lloroso. Mientras lo mira con la misma frialdad con que miran los sapos, el joven recuerda aquella otra escena, de hace muchos años, en la que su madre gemía sin consuelo, acodada en la mesa, también con la cabeza entre las manos. El hombre viejo monologa y llora, pronuncia excusas, explicaciones. Es un alma desgarrada que vierte palabras, un caldero de culpas hirvientes. El joven escucha. En silencio e impasible, como quien se entera de que ha estallado una guerra del otro lado del mundo. El suyo, lo sabemos, es un silencio de toda la vida. Cuando se ha hecho silencio toda la vida, luego no se puede hablar. Se ha convertido en una pared, en un muro indestructible. Por eso apenas se muerde los labios y sangra

todo por dentro, aunque él no lo sabe y sólo siente el
dulzor salobre entre los dientes. No llora. Sólo escucha.
En silencio. Y entonces, se diría que mecánicamente,
toma la tijera de pico curvo de cortar enredaderas. Es
una tijera muy vieja, oxidada y casi sin filo. Pero es dura y punzante. Como su odio.

Ahora volvemos a la foto del comienzo. El diafragma de la cámara se cierra en la fracción de segundo en
que la enorme tijera de jardinero que había quedado
suspendida en el aire, y en el relato, cae sobre la espalda del hombre viejo y penetra en su carne, entre los
hombros y el omóplato, con un ruido seco y feo como
el de ramas que en la noche se quiebran bajo el peso de
un caballo. •

Laguna/Baires, enero '93.

Juan y el sol

A la memoria de Buby Leonelli

LLOVIA TANTO QUE parecía que el mundo entero se estaba licuando. Hacía un mes que no paraba. Y cuando paraba era por un ratito, algunas horas, a lo mucho amainaba medio día o toda una tarde, pero enseguida se largaba otra vez. Un mes así. Un mes y pico.

—Tendríamos que ir a verlo –dijo Mingo, con la vista clavada en la laguna en que se había convertido la calle, por la que cada tanto pasaba un coche haciendo oleaje.

Venancio, con el codo izquierdo sobre la mesa y el mentón apoyado sobre la palma de su mano, asintió rítmicamente, despacito, como preguntándose qué sentía. Hasta que se dio cuenta de lo que sentía, y se le humedecieron los ojos.

—Pobre Juan –dijo, en voz baja-. Tendríamos que ir a verlo, sí.

Hacía cinco meses que el amigo Juan Saravia estaba enfermo y eso los tenía muy preocupados.

Juan Saravia era un salteño avecindado en la zona de Puerto Bermejo, a unos cien kilómetros de Resistencia, sobre el río, y vivía en una casa que había construído con sus propias manos, años atrás, cuando se vino

de Salta con un empleo de viajante para la Anderson
Clayton. Se habían hecho amigos en un hotelito de Sa-
muhú, una noche en que los tres coincidieron por culpa
de otras lluvias que anegaban los caminos, en los tiempos en que Mingo era viajante de Nestlé y Venancio de
Terrabusi. Ahora, la tuberculosis lo estaba matando.

Cuando Mingo dijo lo que dijo, Venancio encendió
otro Arizona y se refregó los ojos con los nudillos de
las manos, como echándole la culpa de las lágrimas al
humo del tabaco.

Mingo se dio cuenta, pero se hizo el distraído porque justo en ese momento el Ingeniero Urruti explicaba
que el factor de triunfo de los aliados en la guerra habían sido los aviones a chorro, los Gloster Meteor bri-
tánicos capaces de desarrollar una velocidad de ocho-
cientos kilómetros por hora, algo increíble, viejo, están
cerca de la velocidad del sonido. El Ingeniero Urruti
siempre sabía de todo sobre cualquier cosa y su autoridad era reconocida por unanimidad. Era uno de los tipos que más cosas sabía en toda "La Estrella", en toda
la ciudad y, si lo apuraban, en toda esa parte del mundo.

Bastaba que Urruti diera alguna información para
que Mingo empezara a imaginar negocios, por ejemplo
-dijo- si no sería bueno escribir a Inglaterra para ofre-
cer una venta de algodón para el relleno de los asientos
de los aviones a chorro porque a esa velocidad los pilo-
tos han de tener mucho frío y se aplastarán contra el
asiento de modo que deben necesitarlos bien mullidos
y entonces como acá tenemos algodón de sobra podríamos.

-Pará, Mingo -le dijo Venancio, como siempre, y como siempre Mingo paró y se hizo un silencio pegajoso y largo, igual que el de las siestas de enero cuando se prepara una tormenta. Después Venancio siguió:- Primero tendríamos que ir a verlo al Juan. Hace mucho que no vamos.

-Cierto, los amigos son primero -dijo Urruti.

-Qué gran verdá - aceptó Mingo, culposo.

-Vos dijiste que hay que ir. Entonces hay que ir -dijo Venancio, que era de esa clase de tipo que siempre está pendiente de lo que dicen o hacen sus amigos del alma. Y como los niños, jamás admite el incumplimiento de una promesa. Un sentimental incorregible, de esos que carecen de brillo propio, siempre dependen de los demás y no pueden tener más de una preocupación por vez, y de lo más intensa.

-No, yo decía -musitó Mingo después de unos segundos, deprimido, como para cambiarle de tema a sus propios pensamientos-. Habría que hacer algo.

-Ir. Tenemos que ir.

-¿Sí, no? Ahora mismo.

-Y claro -afirmó Venancio, y se puso de pie lentamente, como hacen los gordos.

Mingo recogió de la mesa un ejemplar de "El Gráfico" con la tapa del insider de Vélez, Alfredo Bermúdez, y llamó al japonés para pagarle mientras Urruti comentaba algo del peronismo, y citando a Platón decía que las repúblicas no serán felices hasta que los gobernantes filosofen y los filósofos gobiernen. Después cruzaron la calle y subieron al Ford, que a pesar de la humedad arrancó enseguida, y enfilaron para el norte, por el camino a Formosa.

El amigo Juan Saravia sólo tenía cuarenta y dos

años pero la última vez que lo habían visto parecía de setenta. Flaco y consumido, escupía unos gargajos como cucarachas y no quería salir de Puerto Bermejo porque ahí un almacén era atendido por un hermano suyo, también salteño, que era toda la familia que tenía. Venancio y Mingo eran los únicos amigos que le quedaban y cada tanto, algún sábado, iban a visitarlo en el viejo Ford del segundo, y lo ponían a tomar sol y le contaban cosas de la ciudad.

Pero aquella temporada el sol escaseaba. Campos y caminos, para colmo, estaban todos inundados. El Bermejo traía agua torrentosa y como llovía desde hacía cuatro semanas sin parar, el pueblo parecía hundirse un poco más cada mañana. El Paraguay y el Paraná también estaban sobrecargados, y era como si dos países se derramaran sobre un tercero para aplastarlo. El Bermejo no tenía dónde desaguar sus aluviones, que se esparcían por una gigantesca comarca achaparrada, inabarcable, pues la falta de una sola serranía, de una miserable colina, hacía que todo el Chaco pareciera un inmensurable mar. Como siempre en tiempos de inundaciones, Urruti solía decir que el problema no era que los ríos crecieran, sino que el país se hundía, pero, como fuere, la mancha de agua se propagaba día a día, y hora a hora, y los pocos caminos terraplenados y las vías del ferrocarril semejaban cicatrices en el agua. El sol, que era tan necesario para los campos como para el amigo tuberculoso que se moría inapelablemente, parecía un recuerdo. Apenas asomaba, mezquino, de tanto en tanto, para espantarse enseguida ante esos nubarrones negros y gordos que nunca terminaban de irse.

La noche anterior Mingo había conseguido una comunicación telefónica con Puerto Bermejo, y el otro

Saravia le había dicho que Juan estaba muy mal, grave, tosiendo como un motor y sumido en un delirio constante. La quinina que le suministraba ya no le hacía efecto. El médico del pueblo, el viejo Zenón Barrios, lo había desahuciado.

Así que partieron pasado el mediodía, bajo un cielo encapotado como en las películas de terror, y cuando llegaron Juan Saravia dormía de pura debilidad. Los dos amigos y el otro Saravia se miraron, impotentes, y mientras Venancio preparaba unos mates Juan abrió los ojos y los reconoció con un débil parpadeo luego del cual volvió a sumergirse en su fiebre. Cada tanto esputaba gargajos gruesos, pesados y fieros como arañas pollito.

Venancio y Mingo se sentaron a su lado a tomar mates, ineficaces pero fieles.

Cada tanto, Venancio se levantaba e iba a mirar afuera. Calculaba las nubes, como si las sopesara, y siempre volvía con un gesto de contradicción en la cara, reconociendo la imposibilidad de que reapareciera el sol.

-Si saliera aunque sea un ratito -decía.

-Carajo, lo bien que le vendría -completaba Mingo.

Y el mate cambiaba de manos.

Y Juan tosía. Y los tres, junto a la cama, se miraban alzando las cejas como diciéndose no hay nada que podamos hacer.

Toda esa tarde y esa noche se quedaron junto al amigo, turnándose para secarle la frente, darle la quinina, hacerlo beber de un vaso de agua, calmarlo cuando brincaba de dolor durante los accesos de tos, y sostenerle la cabeza cuando se ahogaba por la sangre que se le acumulaba en la boca y que ellos se encargaban de vaciar, inclinándole la cabeza hacia la asquerosa y oxidada lata de dulce de batata que hacía de escupidera.

MEMPO GIARDINELLI

Llovió toda la noche, sin parar, y al amanecer del domingo empezó a soplar un viento del sudeste que los hizo pensar que finalmente iba a salir el sol. Pero a media mañana el cielo volvió a encapotarse y al mediodía ya caía la misma llovizna terca, estúpida, que no paraba desde hacía tres semanas.

Fue entonces cuando Mingo se golpeó la cabeza, de súbito, y dijo:

-Venancio: éste necesita sol y va a tener sol. Vení, acompañáme.

Y ambos salieron de la casita y se dirigieron al único, viejo almacén de ramos generales del pueblo. Aunque era domingo, consiguieron que Don Brauerei les vendiera dos brochas y tres tarros de pintura: amarilla, blanca y azul.

-Si el puto sol no sale, se lo pintamos nosotros -argumentaron ante el otro Saravia.

Y en el techo de la habitación en que agonizaba el enfermo, empezaron a pintar un cielo azul con nubecitas blancas, lejanas, y en el centro un sol furiosamente amarillo.

A eso de las cuatro de la tarde, Mingo abrió las ventanas de la habitación para que entrara mejor la grisácea claridad del exterior, y Venancio encendió todas las luces y hasta enfocó el buscahuellas del Ford hacia la ventana, para que toda la luz posible se reflejara en el sol del techo. Y uno a cada lado de la cama donde moría Juan Saravia, le dijeron a dúo:

-Mirá el sol, chamigo, mirá que te va a hacer bien.

Como en una imposible Piedad, Mingo le sostenía un brazo al moribundo y Venancio le acariciaba la cabeza, apoyada contra su propio pecho, acunándolo como si fuera un hijo, mientras el otro Saravia cebaba mates y miraba la escena como miran los viejos los dibujos animados.

-Mirá el sol, Juan, mirá que te hace bien -y cada tanto, en su agonía, Juan Saravia abría los ojos y miraba ese cielo absurdo.

Así estuvieron un par de horas, mientras la llovizna caía y caía como si nunca jamás fuera a dejar de caer. A las cinco y media de la tarde Juan Saravia pestañeó un par de veces y luego mantuvo la vista clavada en el techo, se diría que piadoso él, como para darle el gusto a sus amigos. Se quedó mirando, durante unos minutos y con una expresión entre asombrada y triste, melancólica, el enorme sol amarillo del techo.

-Mirá, ché, parece que sonríe -dijo Venancio.

-Dale, Juan, seguí mirando que te va a hacer bien -dijo Mingo.

Pero el enfermo cerró los ojos, vencido por el agotamiento.

Como a las seis, la luz del domingo empezó a adelgazarse, a hacerse magra, y con el caer de la noche al hombre le aumentó la fiebre, la tos recrudeció brutalmente y la sangre pulmonar se tornó imparable.

Juan Saravia se agarró con una mano de una mano de Venancio y con la otra de la izquierda de Mingo, y empezó a irse de este mundo lentamente. Pero antes abrió los ojos para ver por última vez ese sol imposible. Contempló durante unos segundos la redonda bola amarilla pincelada en el techo, y en la boca se le dibujó una sonrisa tenue, casi ilusoria, como la que le aplican a Jesucristo en algunas estampas religiosas. Después la abrió todo lo grande que pudo para aspirar una inútil, final bocanada de aire, antes de que la última tos le ablandara el cuerpo, que se aflojó como un copo de algodón que se desprende del capullo para que el viento se lo lleve.

El otro Saravia y Venancio se abrazaron para llorar, y Mingo, más entero, fue a buscar al juez de paz para que labrara el acta.

Cuando volvió, Venancio ya había organizado el velorio, para el cual cortó unos malvones del patio y encendió seis velas que encontró en la cocina.

Lo velaron durante la noche, y todo el pueblo se hizo tiempo para despedir a Juan Saravia, con esa respetuosa y tozuda ceremoniosidad de la gente de frontera. Al amanecer ya no llovía y el viento del sur empujaba a las nubes como si fueran ganado.

A las nueve de la mañana, después que un cortejo flaco que parecía desgastarse a cada cuadra acompañó el cuerpo de Juan Saravia hasta el cementerio, y mientras el cura rezaba el Agnus Dei, el cielo se abrió del todo, como hembra decidida.

Y finalmente el sol, enorme y caliente y magnífico, irrumpió enfurecido en la mañana bermejeña.

Entonces, mirando hacia lo alto y todo lo fijo que es posible mirar al sol, Venancio codeó a Mingo:

-¿Le viste la sonrisa anoche? Ni que se hubiera muerto soñándolo.

-Carajo con el sol -dijo Mingo. •

México, DF, Julio '83 / Coghlan, enero '92.

Zapatos

MAMA ESTA FURIOSA con papá porque a papá no le gustan los zapatos que ella usa, y dice que lo que él le hizo hoy es algo que no le piensa perdonar mientras viva ni después de muerta.

Cualquiera podría acordar con papá en que lo que hizo es una pavada, pero entre ellos el episodio devino en una cuestión capital, definitiva, porque el rencor de mamá es de jíbaro, un resentimiento de tragedia shakesperiana y de perro del hortelano, como dice Tía Etelvina cuando la ve así, porque dice (Tía Etelvina) que mamá, enojada, sólo tiene camino de ida y se pone de tal manera que no perdona ni deja perdonar.

Mamá tiene unos pies muy lindos, preciosos y parejitos, sin callos y con los dedos como repulgue de empanaditas, y en eso todo el mundo está de acuerdo. Por eso mismo, dice papá, es un crimen que use zapatos tan feos. Yo no sé qué te da por ponerte esos zapatones horribles, grandes, cerrados y que además hacen ruido, dice papá. Y encima, inexplicablemente, producen un crujidito horrible al caminar pero que no se puede ni mencionar porque vos jamás aceptás una crítica. Lo que pasa es que tus críticas jamás son constructivas, dice mamá. Lo que pasa es que te ponés hecha una fiera, dice papá. Y al cabo mamá le grita que en todo caso es un defecto de nacimiento y mejor no te metás con mis defectos, estoy harta de que me critiques, harta de que me juzgues, y harta de esta vida que llevamos porque yo me merezco otra cosa (que es lo que mamá dice siempre). Y como no hay manera de pararla papá se calla la boca y ella sigue diciendo todo lo demás que es capaz de decir, que es muchísimo y es feroz.

A mamá no se le puede pedir discreción en nada. Y tampoco tiene un gran sentido del humor. Cuando eran más jóvenes él le sugería que usara zapatillas, total, bromeaba, yo te voy a querer igual. Pero ella, en todo su derecho, se compraba los zapatos que le gustaban y usaba los que quería, y siempre protestando que yo no sé por qué los hombres tienen esa manía de pretender dirigir la vestimenta de las mujeres: cuando la conocen a una se enganchan por las ropas audaces pero cuando nos tienen enganchadas quieren que andemos como monjas y guay de una si se pone minifalda o se le ve un cacho de teta.

Guaranga como es ella, vehemente y fulminadora con la mirada, ni en chiste se le puede hablar de lo que no le gusta. Eso ya lo sabemos. Por eso lo que hizo papá este sábado a la tarde, aunque suene a pavada, fue demasiado: no había nadie de la familia en la casa, y él aprovechó para juntar todos los zapatos de mamá, como diez o doce pares, viejos y nuevos, y los metió en una bolsa y llamó a Juanita, que es la muchacha que trabaja en la casa ayudando en las tareas porque aunque no somos ricos tenemos sirvienta cama afuera, como quien dice, y le dijo tome Juanita, me ordenó la señora que se los regale.

Y le entregó la bolsa con todos los zapatos, que Juanita, chocha, se llevó a su casa.

Por supuesto, y como era de esperar, mamá se dio cuenta esa misma noche, en cuanto llegó y se quitó las botas que llevaba puestas y buscó las sandalias de entrecasa. Descubrió el ropero vacío de zapatos y fue todo uno gritar desde el dormitorio: "¡Titino qué hiciste con mis zapatos!" y salir a torearlo.

Papá estaba de lo más divertido y le dijo la verdad: se los regalé todos a Juanita. Lo que ipso facto desató en mamá una verborrea de lo peor: lo trató de tano bruto, comunista nostálgico y hasta le dijo nazi antisemita hijo de puta y después se fue a contarle a todo el mundo, empezando por la abuela y la Tía Etelvina, que este hombre cuando está aburrido es un peligro, por qué no se meterá sólo en lo suyo y ahora va a ver cuánto le va a salir la cuenta de la zapatería.

A mí hay dos cosas que me revientan de ellos dos: la incapacidad de aceptar los comentarios ajenos que tiene mamá; y esa manía de querer cambiar a la gente que tiene papá.

Pero es inútil, con ellos. La Tía Etelvina dice que a gente así lo mejor es ignorarla. Y yo creo que tiene razón. Pero cuando son los papás de uno no se puede. •

Coghlan, primavera del '92.

La máquina de dar besitos

EL TIPO DECIA que había inventado una máquina de dar besitos.

Como cualquiera se da cuenta, su soledad, tristeza y desesperación eran enormes.

El tipo era ingeniero forestal y trabajaba en la cría de pinos y eucaliptos en una estación del INTA, pero todas las noches y durante los fines de semana se instalaba en un tallercito que tenía en el fondo de su casa, en Barranqueras, y poco a poco la perfeccionaba. No tenía ningún inconveniente en explicar su funcionamiento, cada vez que alguien se lo preguntaba. Hablaba de ella con una pasión como sólo tienen el viento norte, los hinchas de fútbol o las personas más necias.

La máquina era una caja metálica, rectangular, de fierro color rosado, y medía casi un metro y medio de alto por unos sesenta centímetros de ancho, y otros tantos de profundidad. Como una enorme caja de zapatos colocada de pie, en el frente tenía dos labios de goma extensibles que se movían a voluntad del operador, quien debía maniobrar un pequeño tablero de comando. En un costado había un micrófono unidireccional en el que se debían decir las palabras clave para que la máquina respondiera. Porque la máquina no estaba hecha para dar

41

besitos porque sí, a cualquiera, sino solamente a quien los mereciese, es decir, al que supiera pedírselos.

Cuando el tipo hizo las primeras pruebas, parece que todo fue satisfactorio. La máquina daba besos de tres clases: en primer lugar besitos mecánicos o de circunstancia, como los que se intercambian entre amigos, que daba luego de que se le dijeran frases del tipo "Hola amiga mía" o "Qué gusto volver a verte". Después estaban los besitos dulces, que la máquina daba con gusto a miel, a menta, a licor de mandarinas o de peras, según la temporada y después de que se le dijeran frases tales como "Hola, mi corazón", "Déle un beso a su papito" u otras por el estilo. Estos eran besos plurifuncionales, pues tanto podían ser aplicables a las afecciones familiares (fraternales, filiales, o las que se pronuncian ante una abuela o un tío que ha llegado de visita desde muy lejos, por ejemplo) como a expresiones de cariño más sentido (cumpleaños, santos, aniversarios). Y por último, la máquina daba besos de amor. Que eran, sin lugar a dudas y como cualquiera se da cuenta, los más difíciles de conseguir.

Para mucha gente los besos de amor siempre son un problema, pero para la máquina que inventó este tipo mucho más, porque no había manera de que los diera si no se le decían palabras muy amorosas, en frases debidamente organizadas y pronunciadas con determinado énfasis, inflexiones peculiares o susurros llenos de intención. Y a veces hasta era capaz de exigir quejidos gatunos. De manera que el problema era que no sólo había que decir las palabras adecuadas, sino además saber pronunciarlas. Y si no contenían sinceridad, cierta suave pasión o verdadera ternura, la máquina no respondía ni por casualidad. Y ya se sabe cómo es la cuestión de los besos y cómo son las minas -decía el tipo-, y esta máquina después de todo es mina.

Así que si no se le decía lo adecuado y preciso ella no respondía y permanecía expectante, silenciosa y muda como una esposa que está enojada. Y cuando se metía en esos silencios obstinados no había modo de hacerla andar, le dijeran lo que le dijeran. El tipo le juraba, por ejemplo, "eres lo más importante de mi vida", "no podría vivir sin tí", "mi corazón te pertenece", e incluso "te amaré toda la vida", pero ella se mantenía inmutable. Ni siquiera hacía los ruidos característicos de las otras alternativas.

Muy pronto advirtió el tipo que la máquina, que al principio respondía con cierta presteza, se diría que con naturalidad, con el tiempo empezó a ponerse exigente. Quería que se le dijeran frases siempre distintas, renovadas, originales y de fórmulas cada vez más complejas. Decididamente no le gustaba que se le repitieran las mismas palabras más que un par de veces. Y eso lo forzaba al tipo a buscar giros verbales desconocidos, frases alambicadas, cada vez más retóricas y con entonaciones más y más variadas, hasta retorcidas. Por ejemplo: "Me vuelvo loco por tus besos y me arrancaré el corazón si no me das uno en este mismo momento", oración que evidentemente perdía a la máquina durante un par de días en los que parecía contenta, entusiasmada, profería extraños ruiditos y hasta era capaz de dar dos besos seguidos, el segundo más largo y apasionado que el primero.

El tipo, todas las noches, iba a ver a la máquina de dar besos, le ajustaba algo, le lustraba la parte superior como si frotara la lámpara de Aladino, le acariciaba el borde de los labios de goma, y luego le murmuraba las frases correspondientes para recibir distintas clases de besos y besitos según la necesidad espiritual que en ese momento tuviera. Pero, inexorablemente, cuando llegaba a los besos de amor la máquina se empacaba y si él no pronunciaba alguna frase novedosa, ella permanecía quieta y muda como lo que era: una máquina.

Algunas noches hasta pretendía que el tipo asumiera un aire histriónico, o que subrayara con precisión palabras definitivas como "siempre" o "nunca", que son adverbios jodidos, decía el tipo, que no se pueden decir así nomás porque después uno queda enganchado. De modo que si él no era capaz de atinar no solamente con las palabras que ella deseaba sino también con el modo apropiado de decirlas, invariablemente se quedaba sin besitos.

Esto hizo que la limitada imaginación del ingeniero pronto se agotara, por lo que debió recurrir a un diccionario para encontrar palabras más complejas, sinónimos rebuscadísimos y hasta arcaísmos a los cuales aún debía agregarle ensayos previos de tonos y medidas, de ritmos y jadeos, de convicciones, incluso, porque la convicción, usté sabe, decía, es muy importante cuando se trata del uso de las palabras y más todavía si hay que decírselas a una máquina que es mina. Así le salían frases melodrámaticas, ridículas, y hasta violentas. Por ejemplo: "Te juro por mi madre que te destrozaría toda si no fuera que después mi vida sin ti perdería todo sentido, y como estoy solo en el mundo y eres todo lo que tengo, y toda mi existencia son tus besos, te ruego y te imploro que me des por lo menos uno, porque tus besos son el aire que respiro, son para mí como el agua para el pez y sin ellos no puedo vivir". Entonces sí, claro, la máquina le daba un beso, pero eso no arreglaba nada porque a la segunda vez que el tipo la repetía no recibía gran cosa, apenas un beso desapasionado; y a la tercera, como es obvio, ella se plantaba con la misma terquedad de los coches cuando les fallan los platinos.

Así fue la cosa hasta que una noche, exactamente una noche de primavera, el tipo no encontró la manera de obtener de ella ni un solo beso de amor. De los otros sí, le salían fáciles. Pero de amor, nada de nada.

Aquella noche, luego de varias horas de sucesivos intentos, cansado y confuso, enturbiada su razón y profiriendo todo tipo de incoherencias, el tipo se quedó frente a ella mirándola con odio y desconcierto. Con toda la rabia que sentía, y que trataba de disimular, hojeaba cada tanto y con mayor violencia una pila de diccionarios que para entonces había comprado, siempre en busca de alguna palabra que aún no hubiera pronunciado. Pero esa vez no hubo caso: el tipo ya no sabía qué decir, qué inventar, y la máquina parecía haberse muerto, al menos en materia de besitos de amor.

De pronto el tipo, desesperado, se largó a llorar, vencido, pero ni eso ablandó el corazón (es un decir) de la empecinada máquina.

Vencido y desconsolado, se fue a dormir. Pero a la mañana siguiente, empeñoso y tenaz, se puso a escribir palabras nuevas, palabras que inventaba él y a algunas de las cuales subrayaba para ponerle un énfasis especial a cada formulación. Se pasó un montón de horas haciendo cambios, ensayando tonos y modulaciones. Y esa misma noche, delante de la máquina, concentrado como un monaguillo ante el altar, repitió todas esas nuevas, larguísimas oraciones. Pero ella nada. Y lo mismo pasó la noche siguiente, y todas las próximas noches.

Al final, las oraciones que componía el tipo carecían de toda lógica, pero igual él las vocalizaba, tercamente, aunque era obvio que dijera lo que dijese, a esa altura ya nada tenía la menor eficacia. La máquina se había retraído definitivamente, y en todo caso parecía esperar o exigir, incrédula, desconfiada, algo que ese tipo ya no podía decir, una oración que él era incapaz de organizar.

De todos modos el tipo hablaba y hablaba, todas las noches, con los diccionarios al lado, pronunciando largos discursos que acababan siendo verdaderas lamentaciones plenas de incongruencia.

El pobre tipo no alcanzó a saber que ya no había palabras que convencieran a la máquina para darle un beso, porque al final, lógicamente, enloqueció. Dicen que lo encontraron desvariando, víctima de una extraña verborrea que no era otra cosa que la conjugación completa de un verbo rarísimo.

Cuando la noticia circuló por el pueblo, mucha gente se rió, pero eso no sorprendió a nadie porque en Barranqueras todos saben cómo es de cruel la gente para burlarse de la desgracia ajena. Creen que tener sentido del humor es reirse de lo que le pasa a los demás. Nadie se apiadó del pobre tipo, ni mucho menos se ocuparon de ir a verlo al tallercito en el que ahora vomitaba su incomprensible incontinencia verbal a toda hora, frente a la fría máquina muda.

Pero resultó que el tipo tenía una hija que vivía en Jujuy, a la que alguien llamó, piadoso, para avisarle que su viejo estaba a punto de estirar la pata, exonerado del laburo en el INTA, enfermo, hambriento y sin amigos.

Cuando la muchacha llegó a Barranqueras, todos los vecinos le hicieron un sinfín de advertencias. Pero ella simplemente atravesó el portón, se acercó a su padre y, tiernamente, le dio un beso.

Al tipo lo enterraron al día siguiente. Dicen que, en el cajón, tenía una expresión serena como la del Paraná después de una tormenta.

Lo que nadie supo jamás explicar, en todo Barranqueras, fue el destino de esa máquina de fierro rosado que parecía una enorme, rarísima caja de zapatos. Alguien dijo que como nadie supo recordar exactamente para qué servía, al cabo de un tiempito la tiraron a la mierda. Como siempre pasa con las cosas inservibles. •

Coghlan, verano del '88 / verano del 92.

Kilómetro 11

Para Miguel Angel Molfino

-PARA MI QUE es Segovia -dice Aquiles, pestañeando, nervioso, mientras codea al Negro López-. El de anteojos oscuros, por mi madre que es el cabo Segovia.

El Negro observa rigurosamente al tipo que toca el bandoneón, frunciendo el ceño, y es como si en sus ojos se proyectara un montón de películas viejas, imposibles de olvidar.

La escena, durante un baile en una casa de Barrio España. Un grupo de amigos se ha reunido a festejar el cumpleaños de Aquiles. Son todos ex presos que estuvieron en la U-7 durante la dictadura. Han pasado ya algunos años, y tienen la costumbre de reunirse con sus familias para festejar todos los cumpleaños. Esta vez decidieron hacerlo en grande, con asado al asador, un lechón de entrada y todo el vino y la cerveza disponibles en el barrio. El Moncho echó buena la semana pasada en el Bingo y entonces el festejo es con orquesta.

Bajo el emparrado, un cuarteto desgrana chamamés y polkas, tangos y pasodobles. En el momento en que Aquiles se fija en el bandoneonista de anteojos negros, están tocando "Kilómetro 11".

-Sí, es -dice el Negro López, y le hace una seña a Jacinto.

Jacinto asiente como diciendo yo también lo reconocí.

Sin hablarse, a puras miradas, uno a uno van reconociendo al cabo Segovia.

Morocho y labiudo, de ojos como tajitos, siempre tocaba "Kilómetro 11" mientras a ellos los torturaban. Los milicos lo hacían tocar y cantar para que no se oyeran los gritos de los prisioneros.

Algunos comentan el descubrimiento con sus compañeras, y todos van rodeando al bandoneonista. Cuando termina la canción, ya nadie baila. Y antes de que el cuarteto arranque con otro tema, Luis le pide, al de anteojos oscuros, que toque otra vez "Kilómetro 11".

La fiesta se ha acabado y la tarde tambalea, como si el crepúsculo se hiciera más lento o no se decidiera a ser noche. Hay en el aire una densidad rítmica, como si los corazones de todos los presentes marcharan al unísono y sólo se pudiera escuchar un único y enorme corazón.

Cuando termina la repetición del chamamé, nadie aplaude. Todos los asistentes a la fiesta, algunos vaso en mano, otros con las manos en los bolsillos, o abrazados con sus damas, rodean al cuarteto y el emparrado semeja una especie de circo romano en el que se hubieran invertido los roles de fiera y víctimas.

Con el último acorde, el Moncho dice:

-De nuevo -y no se dirige a los cuatro músicos, sino al bandoneonista-. Tocalo de nuevo.

-Pero si ya lo tocamos dos veces -responde éste con una sonrisa falsa, repentinamente nerviosa, como de quien acaba de darse cuenta de que se metió en el lugar equivocado.

-Sí, pero lo vas a tocar de nuevo.

Y parece que el tipo va a decir algo, pero es evidente que el tono firme y conminatorio del Moncho lo ha hecho caer en la cuenta de quiénes son los que lo rodean.

-Una vez por cada uno de nosotros, Segovia -tercia El Flaco Martínez.

El bandoneón, después de una respiración entrecortada y afónica que parece metáfora de la de su ejecutante, empieza tímidamente con el mismo chamamé. A los pocos compases lo acompaña la guitarra, y enseguida se agregan el contrabajo y la verdulera.

Pero Aquiles alza una mano y les ordena silenciarse.

-Que toque él solo -dice.

Y después de un silencio que parece largo como una pena amorosa, el bandoneón hace un da cappo y las notas empiezan a parir un "Kilómetro 11" agudo y chillón, pero legítimo.

Todos miran al tipo, incluso sus compañeros músicos. Y el tipo transpira: le caen de las sienes dos gotones que flirtean por los pómulos como lentos y minúsculos ríos en busca de un cauce. Los dedos teclean, mecánicos, sin entusiasmo, se diría que sin saber lo que tocan. Y el bandoneón se abre y se cierra sobre la rodilla derecha del tipo, boqueando como si el fueye fuera un pulmón averiado del que cuelga una cintita argentina.

Cuando termina, el hombre separa las manos de los teclados. Flexiona los dedos amasando el aire, y no se decide a hacer algo. No sabe qué hacer. Ni qué decir.

-Sacate los anteojos -le ordena Miguel-. Sacátelos y seguí tocando.

El tipo, lentamente, con la derecha, se quita los anteojos negros y los tira al suelo, al costado de su silla. Tiene los ojos clavados en la parte superior del fueye. No mira a la concurrencia, no puede mirarlos. Mira para abajo o eludiendo focos, como cuando hay mucho sol.

-"Kilómetro 11", de nuevo -ordena la mujer del Cholo.

El tipo sigue mirando para abajo.

-Dale, tocá. Tocá, hijo de puta -dicen Luis, y Miguel, y algunas mujeres.

Aquiles hace una seña como diciendo no, insultos no, no hacen falta.

Y el tipo toca: "Kilómetro 11".

Un minuto después, cuando suenan los arpegios del estribillo, se oye el llanto de la mujer de Tito, que está abrazada a Tito, y los dos al chico que tuvieron cuando él estaba adentro. Los tres, lloran. Tito moquea. Aquiles va y lo abraza.

Luego es el turno del Moncho.

A cada uno, "Kilómetro 11" le convoca recuerdos diferentes. Porque las emociones siempre estallan a destiempo.

Y cuando el tipo va por el octavo o noveno "Kilómetro 11", es Miguel el que llora. Y el Colorado Aguirre le explica a su mujer, en voz baja, que fue Miguel el que inventó aquello de ir a comprarle un caramelo todos los días a Leiva Longhi. Cada uno iba y le compraba un caramelo mirándolo a los ojos. Y eso era todo. Y le pagaban, claro. El tipo no quería cobrarles. Decía: no, lleve nomás, pero ellos le pagaban el caramelo. Siempre un único caramelo. Ninguna otra cosa, ni puchos. Un caramelo. De cualquier gusto, pero uno solo y mirándolo a los ojos a Leiva Longhi. Fue un desfile de ex presos que todas las tardes se paró frente al kiosco, durante tres años y pico, del 83 al 87, sin faltar ni un solo día, ninguno de ellos, y sólo para decir: "Un caramelo, déme un caramelo", Y así todas las tardes hasta que Leiva Longhi murió, de cáncer.

De pronto, el tipo parece que empieza a acalambrarse. En esas últimas versiones pifió varias notas. Está tocando con los ojos cerrados, pero se equivoca por el cansancio.

Nadie se ha movido de su lado. El círculo que lo rodea es casi perfecto, de una equidistancia tácitamente bien ponderada. De allí no podría escapar. Y sus compañeros están petrificados. Cada uno se ha quedado rígido, como los chicos cuando juegan a la tatuíta. El aire cargado de rencor que impera en la tarde los ha esculpido en granito.

-Nosotros no nos vengamos- dice el Sordo Pérez, mientras Segovia va por el décimotercer "Kilómetro 11". Y empieza a contar en voz alta, sobreimpresa a la música, del día en que fue al consultorio de Camilo Evans, el urólogo, tres meses después que salió de la cárcel, en el verano del 84. Camilo era uno de los médicos de la cárcel durante el Proceso. Y una vez que de tanto que lo torturaron el Sordo empezó a mear sangre, Camilo le dijo, riéndose, que no era nada, y le dijo "eso te pasa por hacerte tanto la paja". Por eso cuando salió en libertad, el Sordo decidió ir a verlo, al consultorio, pero con otro nombre. Camilo, al principio, no lo reconoció. Y cuando el Sordo le dijo quién era se puso pálido y se echó atrás en la silla y empezó a decirle que él sólo había cumplido órdenes, que lo perdonase y no le hiciera nada. El Sordo le dijo no, si yo no vengo a hacerte nada, no tengas miedo; sólo quiero que me mires a los ojos mientras te digo que sos una mierda y un cobarde.

-Lo mismo con este hijo de puta que no nos mira -dice Aquiles-. ¿Cuántos van?

-Con éste son catorce -responde el Negro- ¿No?

-Sí, los tengo contados -dice Pitín-. Y somos catorce.

-Entonces cortala, Segovia -dice Aquiles.

Y el bandoneón enmudece. En el aire queda flotando, por unos segundos, la respiración agónica del fueye.

El tipo deja caer las manos al costado de su cuerpo. Parecen más largas; llegan casi hasta el suelo.

-Ahora alzá la vista, miranos y andate -le ordena Miguel.

Pero el tipo no levanta la cabeza. Suspira profundo, casi jadeante, asmático como el bandoneón.

Se produce un silencio largo, pesadísimo, apenitas quebrado por el quejido del bebé de los Margoza, que parece que perdió el chupete pero se lo reponen enseguida.

El tipo cierra el instrumento y aprieta los botones que fijan el acordeón. Después agarra el instrumento con las dos manos, como si fuera una ofrenda, y lentamente se pone de pie. En ningún momento deja de mirarse la punta de los zapatos. Pero una vez que está parado todos ven que además de transpirar, lagrimea. Hace un puchero, igual que un chico, y es como si de repente la verticalidad le cambiara la dirección de las aguas: porque primero solloza, y después llora, pero mudo.

Y en eso Aquiles, codeando de nuevo al Negro López, dice:

-Parece mentira pero es humano, nomás, este hijo de
puta. Mírenlo cómo llora.

-Que se vaya -dice una de las chicas.

Y el tipo, el Cabo Segovia, se va. •

Resistencia, Sept. '91 / Paso de la Patria, Sept. '92

Carlitos Dancing Bar

Para Eric Nepomuceno

TENGO LA IMAGEN de Jackson con una mujer a babucha, abrazada a él por la espalda y rodeándole el cuello con dos brazos cortos, redonditos y sólidos. En la nuca de Jackson sólo advierto una cabellera negra, enrulada, tupida. La carga como una mochila y tiene los brazos en jarra, y a cada lado una pierna de la muchacha. Digo muchacha, porque parece un cuerpo joven. Usa medias blancas, y mueve el pie derecho como si marcara compases mentalmente. La escena es en un hotel de Passo Fundo, a las cuatro de la mañana. Jackson ha golpeado la puerta de mi habitación sólo para que yo lo vea.

-Cardozo -me dice-, vine para que te mueras de envidia.

-Exhibicionista de mierda -me río-. ¿Está buena?

-Me la mandó Dios.

-Como a mi cerveza -y le muestro la lata de Brahma que enarbolo en la mano como la antorcha de la Justicia.

Jackson y Paulo y Walmir, borrachos los tres, han ido esa noche al cementerio a visitar a un amigo que murió la semana pasada. Cirrosis fulminante. Fueron a

57

beber una cerveza junto a la tumba del amigo. Era poeta, un buen poeta, dijeron, pero yo no quise ir. Los amigos eran ellos; yo no conocí al fulano. Hacía mucho
frío, además, un frío absurdo, inexplicable. Hace un rato estuvo nevando y yo me dije nieve en Brasil qué cosa más ridícula. Al final los acompañó Dóia, que tampoco conocía al poeta pero declaró que la vuelven loca
los poetas, la cerveza y los cementerios de noche.

Cosas de gente de más de cuarenta años. Pisan los
cincuenta y se enferman de recuerdos. La nostalgia los
hace pensar que lo mejor de la vida ya pasó pero como
son poetas tienen el optimismo incurable de los que
sienten que todavía no escribieron la página mejor. Eso
le da sentido a sus vidas.

Yo preferí ir al Carlitos Dancing Bar. La marquesina
se ve desde la ventana del hotel, y ayer me dije que debía ser un lugar digno de visitar. Hoy estuvimos toda la
tarde discutiendo sobre arte y posmodernidad. Había
mucha gente en el auditorio de la universidad, quizá
porque en los diarios de la mañana aparecieron nuestras fotografías. Jackson estuvo brillante y seductor, como siempre, con esa voz de bajo profundo que tiene, y
yo me aburrí bastante porque cuando los brasileños
leen ponencias me cuesta entender su portugués. Lo
mejor de la tarde fue lo que dijo el animal de Paulo:
que no hay mujeres humoristas porque para ser humo-
rista hace falta ser cáustico y estar bien informado. Yo
dije lo mío, coseché aplausos, hubo algunas preguntas
que me tradujo Jackson y después me fui a caminar por
la ciudad. Me paré a tomar una cerveza en un bar que
se llama "Jones" y al rato se me acercó un argentino
que me reconoció, según él, porque mi cara, dijo, la te-

nía de algún lado. Del diario de hoy, le dije. Ah, claro, usté es el escritor, Cardozo, qué grande, ya me parecía, una vez lo vi en la tele. No, no había leído nada mío, no, la verdad es que yo para los libros no soy, ¿vio? Pero sí lo tengo visto, claro, usté es un tipo famoso.

Gabriel, se llamaba el tipo, y se sentó y empezó a hablar. Decía estar muy interesado en lo que yo hago pero no paraba de hablar de él. Siempre pasa lo mismo. Me convidó otra cerveza. Tomaba dos por cada una mía. Cuando le pregunté y usté qué hace, me contó que vino a vender un cargamento de ajos y habló de triangulaciones comerciales para mí completamente extrañas. Según parece, compran ajo en la Argentina, hacen como que lo venden en Brasil pero en realidad el ajo termina en un puerto de Holanda. Un negoción, dijo el tipo. Con semejante crisis, algo hay que inventar.

Después me invitó a conocer el Carlitos Dancing Bar. Se entra por una especie de portón de garage y adentro hay una barra semioscura, mesas que parecen fraileras, y bancos largos en los que algunas parejas se besan y se prometen fantasías. Cada tanto se ponen de pie y bailan en una pista de cuatro por cinco. La música es atronadora y Gabriel no para de hablar mientras yo pienso que los poetas estamos todos locos, quién entiende a los artistas, le digo, y Gabriel dice qué grande, el arte, cuando yo era chico quería ser pintor pero la vida lo lleva a uno por donde se le canta.

-Claro.

-Cómo dice.

-Que la vida lo lleva a uno por donde se le canta.

-Eso.

Sonreímos y brindamos y nos quedamos mirando a las parejas que bailan en la pista.

-Igual que estos brasucas -dice-: quién los entiende.

-¿Por?

-Nunca se deprimen; siempre son piernas para la joda. Ni que fueran todos filósofos.

-O todos poetas, Gabriel. Y a lo mejor lo son.

Al cabo de un rato pongo un montón de cruzeiros sobre la mesa, digo permiso ya vengo, y me dirijo al baño. Meo largo, concentrado y tristón, y paso por el bar rápidamente, le guiño un ojo a la chica que atiende la barra, que me tira un besito alzando el mentón, y me disparo hacia la calle.

Ha vuelto a nevar: unos copitos lentos y blandos que se licúan enseguida. Pero a mí es la desolación lo que me pega el cachetazo que siento. No es el frío; es la desolación.

En el lobby del hotel hay cuatro poetas recitando sonetos y riéndose a carcajadas. Beben, fuman, gritan; tengo la sensación de que se están muriendo pero no lo saben. O no les importa. Me invitan y me excuso en portuñol. Ellos continúan, posesos, felices, en sus recitaciones.

Todo me suena a payasada, a demostración de nuestra generalizada decadencia.

-Cardozo, qué negativo estás -le digo a mi cara reflejada en el espejo del ascensor.

Cierro la puerta de mi habitación, enciendo la tele y saco una Brahma del servibar mientras evoco unos versos de Pessoa en los que dice que los artistas fingen porque siempre están desesperados, o algo así.

Es entonces cuando Jackson golpea la puerta de mi habitación y yo abro y él está en el pasillo con la mujer a babucha.

Tomo un trago de la Brahma de la Justicia, la alzo sobre mi frente como un caballero a su espada, y le cierro la puerta en la jeta. Apago el televisor y me quedo pensando en esa imagen, la de Jackson con la muchacha en la espalda, y me digo que la prefiero a los cazadores del arca perdida.

La imagen se me graba en el lado de adentro de los párpados mientras me voy quedando profundamente dormido. •

Passo Fundo/Coghlan, junio/julio de 1991.

Este cuento se publica por gentileza de Editorial Almagesto.

Chancho en "La Estrella"

DESDE LA MAÑANA ha empezado a soplar el viento norte, y ahora el calor del mediodía parece que está por reventar el pavimento. Si se mira una calle a lo largo de varias cuadras, es como si el horizonte temblara, movedizo como un mar. La ciudad toda, igual que un pecador exhausto, ha terminado las tareas de la mañana y se dispone a descansar. La siesta, que se extenderá hasta por lo menos las cinco de la tarde, es un paréntesis vacío en la vida de la gente.

Acaso el único lugar en que cierta agitación continúa es el Bar "La Estrella", a una cuadra de la plaza principal de la ciudad, y no sólo porque en la mesa de billar las bolas se entrechocan incesantemente. Allí siempre hay otros movimientos, circulaciones perpetuas, imprevisibles. Como ese automóvil que se detiene junto a la vereda y del cual desciende un hombre, que velozmente abre la puerta trasera del coche y extrae un enorme lechón asado sobre una bandeja de plata.

Cuando esto sucede, nadie imagina que puede pasar lo que va a pasar. Todos saben que Coco Sarriá es un hombre de conductas inesperadas, que en "La Estrella" puede suceder cualquier cosa en el momento menos pensado, y que cuando sopla el viento norte la razón desaparece de la cabeza de la gente.

Además, es la hora en que se cierran los bancos y los hombres se apiñan para tomar vermút con ingredientes, cerveza con maníes o infinitos cafés. Llegan en bandadas, como las golondrinas, después de rogar créditos, cubrir sobregiros, pagar impuestos, trabar embargos o pactar intereses. Es como si a cada uno le hiciera falta comprobar que todo en el mundo está en su lugar al mediodía, cuando el calor empieza a volverse salvaje y las chicharras se lanzan al cotidiano escándalo de cada siesta. Los parroquianos de "La Estrella" saben que ése es un territorio neutral en el que todo se acomoda y en el que siempre se puede encontrar conversación, consuelo, información, presagios o entretenimiento. "La Estrella" es un antídoto perfecto para la soledad y el desconcierto. Momentáneo, pero eficaz. Hoy una sonrisa, mañana una traición, lo que allí importa es la sonrisa de hoy, el instante de alivio que significa descubrir que los amigos seguramente padecen angustias similares, y cuyos descentramientos suelen tener denominadores comunes.

Adentro el calor es siempre espeso, las moscas tenaces, y el olor a frituras y a transpiración es intenso como la melancolía. Afuera, en las veredas, las mesas instaladas bajo los paraísos constituyen verdaderas reuniones sociales. Y, según quien sea el convocante, en ocasiones devienen en mítines políticos. Eso sucede generalmente en los mediodías, y a veces también al atardecer, cuando el calor afloja un poco.

Coco Sarriá es un gigante de bigotazos, voz de barítono y manos de hachero, que en los asados canta chamamés acompañándose con su guitarra, siempre tiene una palabra galante para las damas, y fuma como si su misión en la vida fuera provocarse un infarto.

El lechón que sostiene con sus manazas jinetea sobre la fuente como una ofrenda maravillosa, y cuando él exclama abran cancha, ché, y lo deposita sobre una de las mesas de la vereda, todos ven que el chancho está adornado tentadoramente con lechugas, naranjas, papas y todo tipo de especias. Coco Sarriá aplaude brevemente para llamar aún más la atención, y sonríe como un niño contento, que es la sonrisa que todos le conocen y que le ha granjeado la popularidad de que goza.

Enseguida empiezan a rodearlo sus amigotes, varios de ellos funcionarios del anterior gobierno militar ahora rápidamente colocados en puestos clave del nuevo gobierno peronista. Entre ellos el abogado Arturo Lebedev -flaco, ceremonioso, siempre de terno oscuro y corbata de empresario de pompas fúnebres- quien tiene tan sólida fama de corrupto que le dicen Saco Cruzado porque sabe prenderse de los dos lados. También hay varios radicales, un diputado conservador, Rospigliosi el Socialista y dos senadores correntinos: uno liberal, el otro autonomista. Todos transpiran como carboneros, algunos se apantallan con revistas o expedientes judiciales, otros se secan las frentes con pañuelos mojados de sudor.

Cuando ya son como veinte llega Simón Sasbersky, el farmacéutico, que pesa más de cien kilos y a quien Sarriá saluda de lejos mientras dice:

-Ojo, el gordo que no coma nada.

Y a Sasbersky:

-Te queremos, Ruso, pero al chancho no lo probás. Son dos cosas distintas.

Varios se pedorrean y brindan alzando los balones de cerveza. Es obvio que no lo dejarán probar ni un bocado. García le dice a Moreno que porque es judío y los judíos con el chancho vos sabés, y alza una ceja, sobreentendiendo. Rospigliosi dice que lo que pasa es que el gordo sufre una enfermedad de extraño nombre por la que ha perdido el sentido del gusto y ahora le da lo mismo comer mierda que pimienta. Arreola se ríe a carcajadas y sacando la lengua afuera, que es como se ríe, escupiendo a quien tiene enfrente, y dice pero vení igual, gordo, sentate y miranos comer, en todo caso te pedimos un tostado de queso.

A Sasbersky se le nota la contrariedad, aunque trata de disimularla. Se sienta, pide un café doble con crema, enciende un cigarrillo y procura pasar lo más desapercibido posible mientras todos se disponen a manducar como si fuera la última cena, y no paran de contar chistes. Orgambide opina que es una cretinada que al pobre gordo no lo dejen morfar. El abogado Lebedev se permite sugerir que el asunto sea sometido a votación, y Coco Sarriá, guiñándole un ojo a Arreola, dice no, una cosa es el aprecio por el amigo y otra es la carne del chancho, repito que son dos cosas distintas.

El bullicio -que es el mismo de tantas veces- se generaliza mientras los japoneses ponen platos y cubiertos y reponen los balones de cerveza. Continuará toda la siesta y toda la tarde: comerán y beberán carcajeándose, procaces, como en La fiesta de Baco de Velázquez, y algunos terminarán jugando al truco o al tute. Y al morir el día estarán todos completa, obscenamente borrachos.

Suavemente, con cara neutra de foto cuatro por cuatro y sin responder a las provocaciones, el farmacéutico se pone de pie y entra en el local como para ir al baño. Pero sale por la otra puerta y se dirige a su coche, estacionado a mitad de cuadra; busca algo en la guantera y vuelve a la mesa lentamente, con su cachazudo paso de gordo. Se sienta entre López y Cardozo, que están frente a la bandeja de plata y se burlan de él, inoportunos y vulgares, y les convida cigarrillos. Después, distraídamente, saca de un bolsillo de la guayabera una especie de pomito y le quita la tapa. Y entonces pega el grito:

-¡Miren allá, che, un ovni! -señalando para el lado de la plaza.

Y cuando todos se dan vuelta para buscar en el incalculable cielo algún punto movedizo, espolvorea todo el chancho con un polvito blanco.

Cabezón Urreaga se da cuenta y advierte a los demás, que ahora miran a Sasbersky unánimemente reprobatorios, inquisidores.

-Yo también los quiero -dice el gordo con su mejor sonrisa, dirigiéndose al Coco Sarriá-. Pero a ver si ahora siguen morfando ese chancho y no convidan. Son dos cosas distintas.

Y se levanta tranquilo, sin rencores, y se aleja lentamente rumbo al auto, meneando su gordura bajo la guayabera que en el calor de la siesta parece un flan encapotado, una enorme serenidad cubierta por túnica blanca. •

México, D.F., 1983 / Coghlan, otoño del '91.

La vida tiene esas cosas

PARECERA MENTIRA, PERO cuando yo era chica conocí un eunuco. Era un enorme muchacho de unos diecisiete o dieciocho años, muy pintón, bellísimo, que parecía escapado de una descripción de las mil y una noches. De ojos negrísimos y cejas unidas entre sí, de un porte que se diría hermoso como la luna, se llamaba Narciso y era hijo de Don Salomón Haddad, oriundo de Damasco y buen conocedor de las historias de Sherezad, según se dijo después de la tragedia.

Misógino como no se habrá conocido otro igual en toda la provincia, se decía que Don Salomón -al enviudar- había jurado que las mujeres no lastimarían a su muchacho. Por eso lo había mandado castrar por un brujo guaycurú cuando Narciso tenía apenas tres años.

Cierto o falso, el caso es que con el tiempo el chico se desarrolló hasta alcanzar casi los dos metros. Era fuerte como un buey, y tenía en la mirada un aire de melancolía como el de las tardes de otoño después de la lluvia. Y aire que, dado el brillo de sus ojos negros, lo hacía más y más atractivo. Pero esa misma tristeza parecía incomunicarlo. Era cortés y buenazo, y se desplazaba con ese andar cansino de los animales castrados, esa especie de abulia consustancial de los gatos que han sido operados y se pasan el día en el sillón, indiferentes a todo lo que no sea comer y dormir. Curiosamente, no había desarrollado tendencia alguna a engordar y su cuerpo era fibroso y sólido porque estaba siempre bien entrenado: era pilar en el equipo de rugby del Club Social.

Todas las chicas suspirábamos por él y creíamos que, puesto que nos trataba con total indiferencia, lo que pasaba era que se hacía el interesante. Narciso, obviamente, no manifestaba inclinación alguna por nosotras, más que la que se puede sentir por el vuelo de una mosca. En las fiestas siempre se aislaba, y nunca fue un chico popular, aunque era apreciado por su generosidad y comedimiento. En una ocasión en la que Juanjo Mauriño fue echado del Club por escandaloso (se había disfrazado de dama andaluza, con vestido a lunares y zapatos de bailaora, con peineta y mantilla y los labios pintados como una puerta, y se puso a flirtear con el Bebe Martínez, que era un empresario textil a quien todo el mundo le suponía preferencias homosexuales), Narciso se plantó ante el presidente y dijo si lo echan a Juanjo yo también me voy. En otra, cuando a Rosita Kreimer la violaron los hermanos Tissault (y todos sabíamos que habían sido ellos, pero entre que no se les podía probar nada, que los Kreimer prefirieron el silencio y que los Tissault eran gente poderosa en Resistencia, el resultado fue que no pasó nada y la pobre Rosita acabó crucificada por lo que papá llamaba el Supremo Tribunal de la Santa Lengua Provincial), Narciso fue el único que la acompañó durante días, dándole charla, cebándole mates, llamándola por teléfono para hablar de cualquier cosa, y hasta la forzó a salir al mundo, la llevó al cine y a tomar helados al Polo Norte para que no se encerrara ni admitiera la crueldad del pueblo.

Por esas actitudes se ganaba nuestro respeto. Era el más querido de todos los varones, porque la verdad era una monada de muchacho. A nosotras, que éramos chicas, nos hacía sentir muy bien, lo más tranquilas, no como cuando se nos acercaban los del Nacional o del Don Bosco, que eran todos unos machistas de lo peor, siempre atropellados y calientes.

Pero a Narciso lo que lo aislaba irremediablemente era la tristeza. A muchas nos inspiraba ternura, una como necesidad de protegerlo, de cuidarlo. Esa mirada que tenía, tan hermosa y tan tierna, y la suavidad en el trato que nos dispensaba, era capaz de hacer llorar a la más soberbia. Yo podía pasarme toda una tarde charlando con él, solos en casa, o viendo la tele, o jugando a las cartas después que terminábamos de estudiar las materias para el día siguiente, y ni se me ocurría pensar que podía pasarme algo malo. Si hasta papá, con lo celoso que fue siempre, en la mesa decía que con el único que me dejaba ir a cualquier parte y me daba permiso para volver después de las doce, era con Narciso. Y mamá, que lo adoraba, siempre decía que era increíble que un chico criado sin madre fuera tan educado, y que la que lo casara se iba a sacar la lotería. Yo no sé si llegué a enamorarme de él, pero sí sé que lo quise mucho.

Ninguna de las chicas sabía cuál era la causa de su tristeza, de esa apatía que a veces, la verdad, podía hasta resultar exasperante. Qué íbamos a suponer que le había pasado semejante atrocidad. Quién iba a pensar que un padre podía ser tan, cómo decir, tan, no sé, yo creo que entonces ni sabíamos lo que era un eunuco. Y tampoco se nos cruzaba por la cabeza que él pudiera ser homosexual, simplemente pensábamos que era un muchacho más bien frío, o que se hacía el interesante. Las mujeres somos más inocentes con esas cosas, menos mal pensadas; el miedo a la homosexualidad a los que vuelve locos es a los hombres.

Pero la tristeza, yo decía, era impresionante en ese muchacho. Y como encima era bastante buen poeta, además de deportista, para nosotras era una mezcla muy rara, porque dónde encuentra una un chico de esos que son locos por el deporte pero que además sea sensible, tierno y delicado. Escribía sonetos, me acuerdo, y eran bastante buenos, o al menos en aquel entonces nos parecían buenos. Teníamos una profesora de literatura, la Lily Müller, que había que ver cómo lo alentaba. Ella decía que Narciso iba a ser un gran poeta, y yo estoy segura de que no lo decía nomás por hablar.

La tristeza lo aislaba, evidentemente. Era lo que lo hacía ser tan callado, siempre más contemplativo que protagonista. Salvo cuando jugaba al rugby, que entonces sí era impresionante la fuerza que demostraba y el vigor que ponía en cada partido. Tiempo después se supo que varios de sus compañeros, que seguramente también se dieron cuenta de su comportamiento, o acaso conocedores de su desdicha, le insistieron mucho para que fuera a ver a un psicólogo. Y yo no sé cómo fue que se decidió, pero un día se decidió. Y desde luego, sin que Don Salomón se enterara. Sólo después de la tragedia se supo que había ido a ver al Doctor Labrín, que era uno de los pocos psicoanalistas -si no el único- que había por entonces en la ciudad.

Enseguida empezó a cambiar. Aquel muchacho triste, tosco pero tierno, y tan hermoso, se convirtió al poco tiempo en un enorme y desesperado rencor. Se volvió escurridizo, y agresivo, y empezó a caminar por la ciudad con pasión de maniático, de obsesionado por el resentimiento que, era evidente, le mordía las tripas como una úlcera sangrante. En ese tiempo dejó de venir a casa, y también faltó a dos o tres fiestas que aquella primavera fueron tan importantes para nosotros. Yo un día lo llamé por teléfono y lo invité a tomar el té; le dije que por qué no hablábamos. Pero él me dio una excusa trivial y yo lo noté muy nervioso. Me dijo que tenía que cortar porque su papá necesitaba el teléfono, y que mejor charlábamos otro día.

Después, incluso, una semana antes de lo que ocurrió, me lo crucé a la salida de misa. Era domingo y él pasó en su bici pedaleando como loco, se ve que ya estaba al borde de su desesperación. Yo lo llamé, le dije Narciso, Narciso, pero él siguió de largo haciendo como que no me había visto. A mí eso me dolió mucho y me declaré ofendida. Claro que yo no podía entender lo que entendí después.

Y es que -como luego se supo- apenas unos tres meses desde que empezó a asistir dos veces por semana al consultorio del Doctor Labrín, ocurrió lo que nadie esperaba pero cualquiera hubiera podido, o debido, anticipar, si solamente se hubiera preguntado qué se podía esperar.

Narciso se ahorcó un sábado a la noche colgándose de un lapacho, pero no cualquier lapacho. Eligió, acaso porque el rencor y el dolor y la furia le dieron la idea, el lapacho que daba a la ventana del dormitorio de su padre.

Don Salomón Haddad habrá descubierto, horroriza-do, el cadáver suspendido de su amado hijo acaso mientras se desperazaba, a la mañana siguiente, al abrir la ventana de su dormitorio. Las circunstancias exactas jamás se conocieron porque se infartó en el acto, y quien los descubrió fue un vecino.

En el doble velorio circuló la explicación de lo que le faltaba al pobre Narciso. La imaginación del pueblo, febril como una conspiración, se encargó de satanizar a padre e hijo.

Varias chicas, que amaban a Narciso Haddad en silencio, le llevaron flores y lloraron por él. Como decía mamá: la vida tiene esas cosas. •

México, 1977 / Coghlan, 1992.

Recordando a tía Lucy

LA UNICA VEZ que pudimos heredar algo fue cuando
murió tía Lucy, pero nos madrugaron. Parece que todos
habían esperado ese momento, menos nosotras. Faltaba
más. Nos ganaron de mano los del otro lado. Se avalan-
zaron como buitres y no dejaron nada. Ni las cosas del
inglés. La tía murió a las dos de la tarde, nos avisaron a
las tres, y cuando llegamos a las seis y media, porque
fuimos unas idiotas que se nos ocurrió primero pasar
por el cementerio a dejarle unas flores a Antonito, parecía que habían pasado las marabuntas.

Tía Carmela se estira sobre la mesa y atrae hacia sí
el botellón de boca ancha que oficia de caramelero.
Quita el tapón de corcho, mete la mano, revuelve y extrae un caramelo de praliné envuelto en papel dorado.
Lo pela, se lo mete en la boca y ni bien entramos a la
casa, dice acomodándolo bajo un cachete, vimos que
ya estaban la Bochi y el Beto, y Luis, Marquitos, Cecilia, Laurita, Rosalía, todos los primos, y todos con hijos y maridos y mujeres, y hasta suegros y consuegros.
Un montón de gente. Sentados en el living con caras de
yonofui, haciéndose los que lloraban junto al cajón, o
en la cocina con jetas de tristeza. Pero otra que tristeza,

Angelita, vos te acordás, no me dejés mentir. A esa altura ya habían descolgado hasta los cuadros y las cortinas. Se habían llevado todos los adornos, sábanas, manteles, vajillas, cubiertos y hasta las ollas, ché, unos hijos de puta aunque sean parientes. Ni las cortinas de plástico de los baños dejaron.

Lo bien que viviríamos ahora, dice tía Angelita pero enseguida se calla la boca ante la mirada fulminante de tía Carmela reprochándole la interrupción.

Con ésta y con el tío nos queríamos morir, retoma tía Carmela barriendo con la palma de la mano unas miguitas imaginarias, aunque él me decía que no me calentara. Tenía hielo en las venas, ese hombre. Pero mirá si no me iba a calentar, yo.

Sí, mirá, miremos, dice tía Angelita, que la verdá a esa altura, Carmela, vos estabas más caliente que político en campaña, viste cómo se ponen.

Y qué querés si encima hacía como una semana que venía regulando, yo, por el asunto de las alhajas. O te olvidaste del asunto de las alhajas, vos.

Ay, para qué hablar de eso, dice tía Angelita, cómo nos hubiéramos salvado. Otra que jubilación.

Tía Carmela empieza de repente con su tic nervioso, que consiste en pestañear seis o siete veces seguidas antes de hablar, y bueno pero dejame seguir a mí que soy la que está contando, nos dijeron que habían desaparecido y que no se sabía ni cómo ni cuándo. Hay que ser caradura. A mí me llamó el Beto unos días antes de que muriera Lucy, cuando ya estaba muy mal, muy caída, fatigada y con carpa de oxígeno. El Beto, que era vecino, iba a verla todas las tardes. Y un día me llama: Ché, la tía Lucy está desesperada porque desapareció el alhajero. Yo me quise morir, imaginate.

Por ahí andaba el nuevo novio de ella, dice tía Angelita carraspeando porque se atragantó con el mate o por el asunto de las alhajas.

Ah, sí, claro, sigue tía Carmela, el viejo ése que se había agenciado. Porque Lucy siempre fue muy especial: cuando murió el inglés ella tenía setenta y cinco años pero a los dos meses ya metió un tipo en la casa para que la acompañara: un sesentón, gallego, que se llamaba, ¿cómo se llamaba?

Lisandro se llamaba, interviene terciando tía Luisa sin quitar los ojos de la tele y acomodándose la chalina sobre los hombros, pero Lucy le decía Gaita. Y había que ver la cara de idiota que tenía.

Nosotras lo vimos una sola vez, continúa tía Carmela como si tía Luisa no hubiera hablado, porque para el velorio ya se había ido, a la mañana temprano se fue.

No, yo nunca lo vi, dice tía Angelita probando con un dedo la temperatura del agua, a mí me lo contaste vos porque yo estaba enferma la última vez que ustedes fueron de visita.

Sí, pero bien que te largaste a opinar que era un asunto escandaloso.

Y la verdá es que lo era, porque cómo era Lucy o ahora me vas a decir que no era como era.

Ay Dios mío, una mujer tan especial. Según el tío, tenía más braguetazos que molinete de subte. Las cosas que decía el tío.

Bueno, pero contá lo que te dijo Beto.

Y, me dijo que debía ser el viejo el que se había afanado las joyas, y que él lo iba a encarar. Porque el Beto será puto, pero encarador también es.

¿Pero es puto o no es puto?, pregunta en ese momento tía Luisa, que siempre parece que se despierta con ese tipo de cosas. Son lo único que le importa.

Y, sus recaídas tendrá, desvía tía Angelita que está esperando que se enfríe un poco el agua de la palangana, pero dejala que siga contando.

El caso es que encaró bien, dice tía Carmela, y el viejo tuvo que reconocer que había guardado las alhajas detrás de una frutera, arriba, en la alacena de la cocina. Por los ladrones, parece que dijo. Pero cuando yo lo llamé al Beto y le pregunté decime, aparecieron, me dijo sí aparecieron pero de todos modos faltan algunas joyas. ¿Y qué faltaba? Un chevallier maravilloso que había sido de la mamá de Lucy, el reloj de oro del abuelo Arnaldo, la cadenota con el camafeo de marfil que le regaló el inglés cuando cumplieron diez años de casados, y varias cosas más: el reloj del inglés que era un Longines de oro, y hasta la gargantilla que era una joya como yo nunca vi, ché, que una vez Lucy me dijo que pesaba 176 gramos. Todo eso faltaba, dijo el Beto.

Nos fumaron en pipa, dice tía Angelita metiendo otra vez un dedo en la palangana.

El que fumaba en pipa era papá, dice tía Luisa, yo guardé una, de mazorca de maíz, y cierra los ojos frente al televisor, ensoñada como una novia.

Igualmente, con lo que quedó nosotras queríamos que se hiciera un inventario para vender todo y repartir parejo después de pagar la sucesión. Porque estaban la casa, un montonal de acciones de no sé cuántas empresas y unos terrenos en Mar del Plata y otros en Berisso o no sé dónde. Pero a nosotras nos dijeron que los abogados habían sido tan caros que al final no quedó un mango.

Somos más boludas que las palomas, nosotras, dice tía Angelita, nos convidan mate con facturas, nos invitan a los casamientos y siempre cuentan cosas que nos emocionan. Pero después nos cagan.

¿Quién fue la última que se casó, ché?, despierta en ese momento tía Luisa.

Las otras dos la miran con fastidio. Tía Angelita la toca con una mano y le dice seguí mirando la tele seguí. Tía Carmela toma otro caramelo de praliné del botellón, se lo pone en la boca, lo acomoda y pero a mí lo que más bronca me dio es que se llevaron hasta las cosas sin importancia, las sentimentales. La cuchilla de hacer asados que había sido de papá, por ejemplo. La cosa esa de poner las pizzas en el horno. Y hasta unos sombreros del año de Ñaupa, que a mí me encantaban porque eran de cuando tía Lucy era actriz, y tan farolera. Hasta los zapatos viejos, se llevaron.

Mirá si cuando Lucy era actriz hubiera habido tele, comenta tía Luisa enfrascada en el beso que Arnaldo André le da en ese momento a Mariquita Valenzuela.

Y el tapado de nutria, añade tía Angelita, acordate que también se afanaron el tapado de nutria y ese mantel que trajo Lucy de Norteamérica, todo bordado, que se lo llevó la Cecilia para regalárselo a la hija el día de su casamiento.

Ah sí y el juego de porcelana cáscara de huevo se lo llevó la mujer del Beto, se acuerda tía Carmela, y los adornos de cristal de Moldavia y el sobretodo piel de camello del inglés, y hasta unos aritos de fantasía de esos que hacen los jipis y que no valen nada, todo, todo se afanaron. Unos hijos de puta aunque sean parientes.

No se puede creer lo boludas que fuimos nosotras,

dice tía Angelita, pero por mí que se metan todo ya sabés dónde. Y como finalmente parece que aprueba la temperatura del agua, se quita las sandalias.

Silencio las tres que ahora viene Pasiones indómitas, dice tía Luisa y con el control remoto levanta el volumen del aparato. Tía Angelita pone los pies en la palangana de agua tibia y empieza a mirar la pantalla. Tía Carmela también se interesa, mientras escarba en el botellón en busca de otro caramelo de praliné.

Quizá sea un efecto de la tarde que va muriendo, o del mismo televisor, pero de pronto es como si en ese living comedor las luces se fueran apagando lentamente, igual que en el teatro.

Má sí, que descanse en paz, dice tía Carmela para sí misma, mientras aparecen los títulos. •

Coghlan, 1984/1992.

Frontera

AQUELLA NOCHE HACIA muchísimo calor, como casi todas las noches en la frontera, y la Nelly, como siempre, viajaba en patas y con la blusa abierta al medio que se le veían todas las tetas. Solía sentarse como los suplentes en el banquito al lado de la cancha: con las piernas abiertas, por las que se le deslizaban las polleras acampanadas que siempre usaba, y apoyando los codos sobre las rodillas contemplaba el camino y movía todo el tiempo el dial de la radio, buscando chamamés.

Pero el calor que yo sentía era el del miedo, porque nos acercábamos al puente que separa Formosa del Chaco, sobre el río Bermejo: ahí estaba el puesto de control de la Gendarmería, última escala en el viaje al Paraguay.

Daniel silbaba, contento porque el camión andaba bien: un Efe Seiscientos bien afinado materializa todo en la noche, la vuelve algo concreto. Ruidoso y confiable aunque llevábamos treinta toneladas detrás, su presencia impactante desorganizaba el silencio. En la cabina, los tres tomábamos mate y cada tanto contábamos chistes que ya no nos hacían gracia, mientras el aire caliente se filtraba por las ventanillas abiertas. Fumábamos, y yo me sentía más y más inquieto a medida que nos acercábamos al Bermejo.

Daniel se dio cuenta y dijo:

-Todo va a andar bien, pibe -justo cuando la Nelly ensartó una guarania en Radio Humaitá y se puso a aplaudir como una nena. Un segundo después vimos la linterna, a lo lejos, haciéndonos señas.

Es común que detengan a los camiones que se dirigen al Paraguay, para controlar las guías de viaje. Nosotros llevábamos garrafas de gas.

-Tranquilo, pibe, tenemo' todo en regla- dijo Daniel.

Pero ni él ni yo estábamos tranquilos, la verdad. Uno nunca está tranquilo cuando aparece la Gendarmería. Salvo la Nelly, que nunca se calienta por nada así vengan degollando.

Daniel paró el camión a un costado de la carretera, a pocos metros de la caseta. Un gendarme revisó rutinariamente las guías, y aprobó con la cabeza. Otros dos nos miraban, tomando mate, parados junto al mástil. Y justo cuando el que estaba del lado de Daniel iba a darnos el visto bueno para que siguiéramos el viaje, de la caseta salió un suboficial, llamó a su compañero y le dijo, en guaraní, que decía el oficial que se habían quedado sin gas para el calentadorcito y que nos pidiera una garrafa.

Daniel se negó cordialmente: el cargamento estaba contado, no podría justificar una garrafa vacía y no sé qué más. Pero fue inútil: dijeron que en otros viajes podríamos tener inconvenientes con las guías; sería una lástima que la próxima vez tuviéramos problemas, quizá ahora mismo, en fin, no nos convenía quedar mal con ellos, conocían a Daniel y al camión, y después de todo podés decir que se te cayó una garrafa por el camino.

Bajamos y desamarramos una de diez kilos, mientras la Nelly, que para eso tiene sangre de pato, se puso a tararear "Paloma blanca" en la versión de Cocomarola que justo había enganchado en Radio Nacional Formosa. Durante la operación, el oficial salió de la caseta y se sintió obligado a agradecer, invitándonos a tomar unos mates con ellos. No le podíamos despreciar la oportunidad de confraternizar. El tipo estaba feliz. Daniel puso no sé qué excusa, meta sonreir, y diciendo mejor nos vamos me hizo una seña para que subiésemos a los pedos. En eso el primer gendarme, el que nos detuvo, conectó la garrafa al calentador, pero cuando abrió la llave de paso del gas y le acercó un fósforo, no encendió.

-Un momento -dijo el oficial, justo cuando Daniel aceleraba un par de veces antes de encajar la primera.

Nos quedamos tan en punto muerto como el Seiscientos.

El gendarme abrió totalmente la llave, y nada. Bajó su cara hasta el aparato y olió.

-Estará fallada -dijo el oficial-. Que bajen otra.

Le entregamos una segunda garrafa. Se repitió la operación y cuando el gendarme abrió la llave de paso y le acercó un fósforo, tampoco encendió.

Con Daniel cada vez más nervioso, fuimos bajando una garrafa tras otra, casi una docena, pero nada, ninguna funcionó.

Daniel sacó su lima y empezó a arreglarse las uñas, mientras el oficial, los gendarmes y yo nos mirábamos con esas expresiones acusatorias, graves, como cuando en una reunión se huele feo y hay un gordo sospechoso. La Nelly se pasó a una radio brasilera en la que Roberto Carlos cantaba una cosa sobre la llegada de Dios.

Uno de los gendarmes trajo una pinza de algún lado y abrió totalmente una de las garrafas, quitándole el cabezal de la llave de paso. Adentro había una materia viscosa. La tocó con un dedo, la miró con asco, y después la probó metiéndose el dedo en la boca. Enseguida escupió a un costado, haciendo una mueca, y dijo:

—No sé qué es, pero gas ni por putas...

El oficial se acercó y le olió el dedo al otro. Después también él probó la sustancia chupándose un dedo.

—Aceite... —dijo, y dirigió el dedo manchado hacia la caseta a modo de seña para los otros gendarmes—. Estos dó, adentro.

Por supuesto, Daniel y yo juramos que no sabíamos nada del contrabando. También por supuesto, no nos creyeron. Ni mucho menos a la Nelly, que la tuvieron que bajar entre dos porque no se dejaba y armó un despelote fenomenal diciendo que ella no tenía nada que ver, que era lo que siempre decía.

Al cabo de un rato de discutir, Daniel dijo que bueno, que le habían dicho que para un caso extremo mostrara la tarjeta. Ahí, junto al carnet de conductor, en la carterita que ahora tenían ellos, la podrían encontrar.

Los gendarmes se miraron entre ellos, y al cabo nos mandaron afuera, custodiados, mientras el oficial llamaba por teléfono.

Luego de unos minutos salió, sonriente, y le dijo a Daniel:

—Seguí nomá', chamigo, el Coronel dice qu'está todo arreglado.

Cuando cruzamos el Bermejo y yo lo miré, bramante y hermoso en la noche, con la luna reflejándose en su lomo cobrizo, Daniel me preguntó si había sentido mucho miedo. Le contesté que sí y él dijo que no me calentara, que los pendejos como yo éramos inimputables, palabra que a la Nelly le provocó un ataque de risa mientras con los deditos giraba el dial buscando una música imposible, porque la radio era puros chirridos. Daniel dijo también que en el mundo había dos clases de tipos: de un lado los gatos con tarjeta y del otro la gilada. Y agregó que se había quedado con ganas de tomar unos mates.

Yo lo escuchaba en silencio y mirando la noche, afuera, que pasaba como una película negra y ruidosa.

-No, mejor una cerveza -dijo la Nelly, apagando la radio- Para bajar los nervios.

-¿Nervios vos, ché? -se burló Daniel.

Y los dos se largaron a reir y él la abrazó con la mano que no manejaba. Hacía tanto calor que en la primera estación de servicio nos bajamos a tomar una Bieckert bien helada. •

México, DF, primavera del 77 / Coghlan, enero '92.

El castigo de Dios

Para H.S.

DIGAMOS QUE EL protagonista de esta historia es el
general Pompeyo Argentino del Corazón de Jesús González, dice el Toto Spinetto la noche que llega a Resistencia después de salir de la cana. Ha estado ocho años
adentro, lo pasearon por todas las cárceles del país, y
ahora está con nosotros como si nada hubiera pasado,
en la misma mesa de "La Estrella".

Digamos también que el nombre del protagonista es
una designación ficticia, que sin embargo, creo yo,
conserva la virtud de representar nombres que son muy
caros a los miembros de la comunidad castrense, agre-
ga el Toto en su estilo florido, esa retórica de abogado
que le jode todo lo que dice y escribe y que -parece
mentira- sigue intacta.

Estamos a finales de 1976, en Córdoba, y este general González comanda unidades de batalla en esa provincia mediterránea. Se trata de un hombre de convicciones firmes, una especie de cruzado que siente, en
verdad, una asombrosa mística guerrera y un definido
furor antisubversivo. No se destaca solamente por la
eficacia de sus métodos represivos -que le han dado re-
nombre dentro y sobre todo fuera de las filas de la ins-

87

titución armada- sino también porque, ideológicamente, es uno de los ejemplares más representativos de la especie simia que se cierne sobre la sociedad civil en ese momento -dice el Toto mirándonos por sobre los bifocales que ahora usa- es decir una época diametralmente opuesta a la democrática que estamos viviendo incipientemente, o sea, digo, dice, un tiempo que es un contrario sensu perfecto.

Hijo y nieto de militares, está casado en primeras y únicas nupcias con una dama de la sociedad cordobesa y su descendencia se compone de cuatro varones de entre tres y quince años. Es uno de los más jóvenes generales de la nación (lo que no es poco decir si se recuerda que a la sazón, como ahora mismo, hay casi un centenar en actividad) y la prensa internacional lo califica, con todo acierto, como el tácito líder del llamado sector "duro" de las fuerzas armadas.

Católico fervoroso, amigo del obispo cordobés y de los amigos del obispo cordobés, es un miembro conspicuo de la aristocracia local, quiero decir de la Docta, que es el sitio donde transcurre esta historia y en cuya unidad carcelaria está alojado el suscripto, ya blanqueada su situación luego de un período que ustedes disculparán pero, por pudor, prefiero obviar y además no viene al caso de lo narrado, termina su frase el Toto haciéndole una seña a Don Terada que consiste en bajar el índice derecho un par de veces sobre su vaso vacío, lo que quiere decir que se le acabó la ginebra.

Mientras el viejo se separa de la banderita con el Sol Naciente, y agarra la botella de "Llave" y camina lentamente hacia nuestra mesa, el Toto dispara otra andanada verborrágica y dice que en más de una oportunidad el general González, destinado por la Junta Militar para comandar unidades del Tercer Cuerpo de Ejército sito en la capital mediterránea, ha debido presentar excusas a la curia de esa provincia por la brutalidad de los métodos que aplican sus subordinados, lo cual no ha sido óbice para que se lo admire, respete y tema.

Hombre político, extrañamente hábil dada su condición castrense, un ex senador por el radicalismo le ha contado al infrascripto -dice el Toto, que a esta altura ya me está hinchando las pelotas- que a este militar deben atribuirse las siguientes palabras, pronunciadas ante varios ex legisladores de su partido durante una discreta reunión que por supuesto no se permitió que la prensa divulgara: "Estamos en una guerra sucia, señores, y yo como general de la nación sólo sé que debo ganarla; y si para ello tengo que matar a mil inocentes con tal de encontrar a un guerrillero, lo haré porque me va en ello el compromiso de pacificar el país".

Ideólogo de sus pares, estudioso de la historia nacional y de los casus belli de la universal, cultor de la vida hogareña y amigo del buen beber, el general Pompeyo Argentino del Corazón de Jesús González es, a finales del 76, un ascético soldado que acumula méritos en combate, cuyo nombre suena como el de un eventual presidente de la nación y al que los sacrificios de su profesión parecen prometerle un brillante futuro personal a poco que se observen su implacabilidad antiguerrillera y los triunfos que semana a semana cosecha en el aniquilamiento de su enemigo, al que irresistiblemente va sumiendo en la parálisis y el desconcierto.

Pero de repente -dice el Toto encendiendo un pucho con mi encendedor mientras todos lo miramos atentamente, la mayoría fascinados y yo evaluando las gambas de la mujer de Docabo- con la infalibilidad de ciertos hechos de la vida, un equis día de ese para todos aciago año de 1976 una circunstancia desgraciada se cruza en el camino de nuestro severo general: su hijo menor -digamos, dice, para ponerle un nombre, Juan Manuel- enferma súbitamente. Una gravísima deficiencia cardíaca pone su existencia al borde de la muerte.

Tras los primeros síntomas, el pediatra de cabecera dictamina, alarmado y sin eufemismos, que es indispensable operar al niño con la mayor premura. Una junta médica determina que el paciente -internado ya en el Hospital Militar de Córdoba- debe ser intervenido quirúrgicamente esa misma noche. Con la venia de su padre (quien está acompañado por algunos de sus pares, los rezos de su esposa y restantes hijos, y por la reconfortante presencia de la jerarquía eclesiástica) el pequeño Juan Manuel es introducido en el quirófano cuando ya avanza la madrugada -sigue el Toto mientras yo veo cómo la mujer de Docabo se da cuenta de que le juno las gambas y nerviosamente se estira la pollera hasta las rodillas, pero sin mirarme a los ojos-. Casi tres horas después el coronel médico que ha dirigido el equipo sale de la sala de operaciones con el rostro demudado, perlada la frente, y le explica al general González que su capacidad profesional y la de los colegas que lo han asistido ha llegado al límite de sus posibilidades.

-No seguimos adelante porque no podemos garantizar el éxito de nuestros esfuerzos, mi general -dice, ceremonioso, grave, cuenta el Toto agravando su voz y como imitando al coronel médico-. Acá en Córdoba hay un solo especialista que podría salvar a su hijo, si llevara a cabo una operación sumamente delicada. Ni en Buenos Aires hay alguien más idóneo para realizarla: me refiero al doctor Murúa. Como usted sabe, una eminencia en cardiocirugía.

-Llámelo, doctor -ordena, conmovido, el general. Y luego añade, con una humildad que revela su consecuente práctica cristiana-: Por favor, que salve a mi hijo, si Dios así lo quiere.

-Mi general: he estado llamando a Murúa toda la tarde y no he podido dar con él. Sólo puedo prometerle que seguiremos haciendo todo lo que esté a nuestro alcance, pero no garantizo nada, más allá de la media mañana. En ese lapso, sería conveniente que sus fuerzas colaboraran para ubicar a Murúa.

En este punto -dice el Toto mandándose al garguero la ginebra y haciéndole otra seña a Don Terada, que siempre está bajo su banderita leyendo esos periódicos de signos indescifrables-, en este punto el general González llama a su asistente y le ordena que una comisión se dirija al domicilio del doctor Esteban Murúa (y es obvio -aclara el Toto- que como ustedes ya habrán advertido se trata de un nombre y un apellido tan ficticios y arbitrarios como el del personaje central de esta narración), a quien deberán explicarle la gravedad y urgencia del caso, y transportarlo al hospital sin demora.

El asistente se cuadra ante su superior, duda un segundo y dice:

-Hay un problema, mi general.

González mira al subordinado, digamos, dice el Toto, un teniente primero, con la misma y exacta mirada que dirigimos a un imbécil que acaba de hacer una broma de mal gusto, y con el ceño fruncido y un leve cabeceo lo incita a que prosiga.

-Los dos hijos de Murúa son subversivos, mi general -despacha el teniente primero, compungido pero con firmeza-. Uno de ellos fue detenido hace tres semanas, en Villa María, y la hija menor está prófuga...

-Continúe, m'ijo -urge González, inconmovible, pétreo ante la duda del oficial subalterno.

-El doctor Murúa también está prófugo, mi general. Su casa fue allanada después del procedimiento de Villa María y no se encontró a nadie.

-¿Ha salido de Córdoba?

-No nos consta, mi general.

-Bueno: informe al servicio de inteligencia y a las policías federal y de la provincia. Que lo busquen entre familiares y amigos, y que se le den todo tipo de garantías. Ordene que, como misión prioritaria, se encuentre a este cirujano antes de las nueve de la mañana. Y dije con todas las garantías.

Naturalmente, el hermetismo en que vive un general del ejército argentino nos impide conocer -a civiles como nosotros- los pequeños detalles de su vida familiar, dice el Toto resoplando por la tensión que le produce su propio relato. Pero no nos resulta demasiado difícil imaginar las horas de angustia y la angustia de esas horas que pasa el general González. Son presumibles la congoja de todos quienes lo acompañan, la desolación de su mujer y la inocente impavidez de sus demás hijos.

El Toto va haciendo pausas a medida que habla, invitándonos a imaginar lo que él imagina en ese estilo medido y retórico que tanto me hincha las pelotas, pero la verdad es que tiene al auditorio agarrado de los hue-

vos: la mina de Docabo con los ojos como el dos de
oro; Spencer con el labio inferior extendido y cabeceando una rítmica afirmación; y así todos. En todas
las mesas de "La Estrella" pareciera que ya nadie respi-
ra mientras el Toto sigue y dice que puede, sin embargo, suponerse que en la soledad de su alcoba, o en la
recolección de su escritorio, el general González se está preguntando acerca de los juegos macabros del destino -él ha de llamarlos voluntad de Dios- y, quizá, acerca de las limitaciones de su poder. Es presumible, por
otra parte, que si acaso atribuye a algo o a alguien su
presente zozobra y el infortunio de su hijo menor, es su
guerra la destinataria de sus denostaciones, así como el
accionar de los rebeldes la causa primera de que él se
encuentre en tan inesperada, irresoluble situación.

El Toto hace silencio después del último punto y
aparte, como para que todos en la mesa nos hagamos
las mismas preguntas. Con el mismo índice derecho
con que llamó al japonés ahora revuelve los hielos que
navegan en su vaso. Después tose, prende otro faso, y
continúa diciendo que presunciones de lado, a la mañana siguiente la respuesta terminantemente negativa de
todos los informes que llegan a su despacho domicilia-
rio, acaba por despedazar las últimas esperanzas del
general Pompeyo Argentino del Corazón de Jesús González, y a esto lo pronuncia el Toto con una pompa y
circunstancia digna de Händel.

Los médicos le explican, crudamente, que su hijo
necesita un transplante de urgencia pero que no resisti-
rá un viaje a Buenos Aires. Acaso tampoco una segunda intervención, la cual de todos modos tendría un altí-
simo porcentaje de riesgo. Y destacan una paradoja,

que como toda paradoja es cruel: esa misma madrugada un desdichado accidente automovilístico ha arrojado
como saldo un niño descerebrado y en coma cuatro, cuyo corazón está sano y podría serle implantado a Juan
Manuel. Le informan que a cada minuto que pasa es
menor la resistencia del niño, cuyo herido corazón está
minado por la deficiencia. Y declaran que sólo un mila-
gro puede salvarlo, pues el doctor Murúa es el único
cardiocirujano en todo Córdoba capaz de realizar con
éxito tan compleja operación.

Escuchado lo cual, y sacando fuerzas de su fe reli-
giosa y su templanza de soldado, con toda la grave responsabilidad que le impone su trayectoria de militar in-
victo, el general González, con la voz apenas firme,
pregunta:

-¿La alternativa es dejarlo morir o que ustedes in-
tenten un transplante sin ninguna garantía, verdad?

La respuesta que cosechan sus palabras es un prodi-
gioso, brutal silencio afirmativo, define el Toto. Segundos después, el general ordena:

-Inténtenlo igual.

Aquí es el Toto el que hace un silencio más largo.
Sorbe otro trago, se pasa una mano por la frente sem-
brada de gotitas de sudor, y nos mira a todos, uno por
uno, como pidiéndonos disculpas por la ansiedad que
nos ha venido provocando. Luego alza las cejas, suspira largo y dice que como era previsible, el niño murió
durante la operación. Al mediodía, la infausta nueva
circuló por la ciudad mediterránea como reguero de
pólvora, dice, junto con aquella otra sobrecogedora noticia que todos ustedes recordarán y que recorrió todo
el país: la de que esa misma noche en el Chaco, aquí

cerca, en Margarita Belén, el ejército había fusilado a una veintena de prisioneros aplicándoles la ley de fuga.

Dice esto con la voz mucho más ronca, el Toto, y subrayando el punto y aparte. Todos nosotros mantenemos el silencio como si fuera una nube de plomo que hay que sostener en el aire, y yo me fijo en la mujer de Docabo que ahora tiene los ojos redondos y la boca abierta como un pescado muerto. Y en el mismo preciso instante empiezan a escucharse los bombos de un acto proselitista de los liberales, que hablan pestes de Alfonsín y de los perucas, en la plaza, y a mí se me hace que el golpeteo de esos bombos es como el bombeo de un corazón secreto, en algún lado.

En cuanto se difundió la noticia del deceso del hijo del general Pompeyo Argentino del Corazón de Jesús González, concluye el Toto Spinetto recalzándose los bifocales sobre la nariz y sin aflojar en ese estilo florido que tiene, esa retórica de abogado que le jode todo lo que dice y escribe y que -parece mentira- sigue intacta a pesar de tantos años en cana, dos comentarios se generalizaron en la prisión: por un lado, que el suceso había sacudido tanto al jefe de la guarnición cordobesa que acaso nunca volvería a ser el mismo (lo cual no se sabía si era bueno o peor); y por el otro, que le había tocado merecer uno de los más ejemplares y coherentes castigos de Dios.

Como luego pude comprobar fehacientemente, dice el Toto Spinetto antes de levantarse de la silla y haciéndole una seña a Don Terada para pagarle, ese domingo, en todas las cárceles del país, hubo más misas y con mayor número de asistentes que de costumbre. •

México, diciembre '77 - Resistencia, diciembre '84.

certas, en Margarita Belén, el ejército había fusilado a
una veintena de prisioneros aplicándoles la ley de fuga.
Dice esto con la voz mucho más ronca, el Toto, y
subrayando el punto y aparte. Todos nosotros mantenemos el silencio como si fuera una nube de plomo que
hay que sostener en el aire, y yo me fijo en la mujer de
Docabo que ahora tiene los ojos redondos y la boca
abierta como un pescado muerto, y en el mío mismo
se instaura empiezan a escucharse los bombos de fu-
rio proselitista de los liberales que hablan pestes de
Alfonsín y de los peronos, en la plaza, y al uso me fa-
ce que el golpeteo de esos bombos es como el temblor
de un corazón secreto, en algún lado.

En cuanto se difundió la noticia del deceso del hijo
del general Pompeyo Argentino del Corazón de Jesús
González, concluyó el Toto Spinetto realizando sus
bróceles sobre la nana y su alfajor en esa estancia, ha-
do que tiene, así retórica de abogado que le pone toda
lo que dice y escribe, y que parece mentira, sigue intacta a pesar de tantos años en cárceles contadas y su
centralización en la prisión; por un lado, que él acaso
había sacudido tanto al jefe de la ejercita que cambió, y
que acaso nunca volvería a ser el mismo días del que
sabía si era bueno o peor, y por el otro, que le había
tocado merecer uno de los más ejemplares y coherentes
castigos de Dios.

Como luego pude comprobar fehacientemente, dice
el Toto Spinetto antes de levantarse de la silla y ofrecer-
dole una seña a Don Jerada para pagarle, ese domingo,
en todas las canchas del país, hubo más misas, con
mayor número de asistentes que de costumbre.

México, diciembre, 77a, Revelaciones entre otras, '80.

El Gran Mongol

Para Silvia Hopenhayn

SUEÑA QUE VA a comprar botones. Azules, cuadraditos, forrados. Alguien le informa que sólo podrá encontrarlos en El Gran Mongol, que es una casa importadora. Cree haberla visto; pero no sabe exactamente dónde queda.

Camina, extraviado, por una extraña ciudad que no reconoce. Hasta que en el cruce de dos grandes avenidas, descubre la enorme tienda luego de un efecto que le parece cinematográfico: como si la lente de la cámara que son sus propios ojos se hubiese abierto por completo. Pero enseguida el efecto cambia nuevamente, y ante sus ojos comienzan a aparecer fotografías, que narran una historia que protagoniza él mismo. Son fotos sucesivas, como los cuadritos de una historieta, y contienen acciones, colores y movimientos internos, fragmentarios.

En la primera, está entrando a la tienda en busca de los botones y en un escaparate los ve. Los pide a una vendedora y separa los que más le gustan. Los alza y los mira a contraluz, contento como un niño. De pronto, inexplicablemente, se pincha un dedo con una aguja. Brinca desmesuradamente hacia atrás, pisa a un hombre que pasa, y se produce un alboroto. Pide disculpas, zafa de la situación y, nervioso, se dirige a la Caja a pagar los botones.

Foto dos: La cajera es una belleza, idéntica a Xuxa. O acaso es Xuxa, no lo sabe, en los sueños pasan esas cosas increíbles. Debe pagar un peso con cuarenta y cinco centavos, pero sólo tiene un billete de cien dólares que ella agarra mientras le dice que no puede aceptarlos. Pero él le explica que peso y dólar en este país, ahora, valen lo mismo porque la convertibilidad, etcétera. La chica atiende a otros clientes: a todos les da sus productos y ellos pagan y se van.

Mientras espera, observa el sitio. Es la tercera foto, panorámica: hay como un corral cuadrado, de fórmica, en el medio de un gigantesco salón. Parece Harrods, o Macy's, o alguna de esas grandes tiendas del Primer Mundo. Hay un McDonald's al fondo, varias joyerías, un sector de góndolas y escaparates de perfumerías de marcas conocidas, pasillos, gente, luces. Al cabo se impacienta y reclama. Foto número cuatro: Ya va, ya va, le dice Xuxa, y empieza a sobrarlo, a burlarse de él. Qué nariz más ridícula, dice, y esos botoncitos, un hombre grande. El insiste en su protesta, cada vez de modo más altisonante. Siente su adrenalina, la presión que le sube. Pero ella ni le da el cambio ni le devuelve los cien dólares. Fúrico, golpea contra el mostrador y a los gritos pide por un supervisor. Xuxa, como si no lo oyera, despacha a otro cliente, sale de la caja y atraviesa el salón.

En la quinta foto, la sigue y la toma del brazo, escúcheme señorita, pero ella quita esa mano como con asco y le dice hubiera sido más político, señor, más diplomático, y él quién es el gerente general de la casa,

98

quiero hablar con el gerente general. Aquél de bigotes, dice ella, y además es mi novio, y se aparta rumbo al baño de damas. Entonces él se dirige al tipo (foto seis), que cuando es interpelado lo mira como preguntándose quién es este loco y le dice yo no trabajo aquí, no tengo nada que ver, sólo vine a comprar unas zapatillas, camino por el shopping, no me fastidie.

Decidido a buscar al gerente, se mete en un salón donde hay un montón de mujeres que juegan a la canasta. Séptima foto: en una mesa, unas ancianas toman té con masitas, y en otra, muy larga, hay unos viejitos que visten ternos con flores en las solapas y aplauden a un tipo parecido a Leopoldo Lugones. Sale de allí y entra en un pasillo larguísimo (es la foto número ocho) a cuyos costados sólo hay escaparates iluminados pero vacíos, y puertas de vidrio cerradas cada no se sabe cuántos metros.

El Gran Mongol, se da cuenta, es como una caja de Pandora, un laberinto, pero sigue por el pasillo, que hace una curva extrañamente peraltada, y al final desemboca (foto nueve) en un enorme patio, entre andaluz y griego, perimetrado por altas paredes blancas y con una docena de columnas allá arriba, sobre los murallones de piedra, lanzadas al cielo como si tuvieran que sostener un techo imaginario. Allí ha habido una fiesta de bodas o algo así: hay muchas cosas tiradas en el suelo y los meseros van y vienen limpiando las mesas de restos de comida, y levantando papeles, servilletas, puchos, patas de pollo, botellas vacías.

En la foto diez hay un tipo muy gordo, un obeso

enorme con pinta de patriarca, que está sentado en un banquito de cocina a un costado del patio. Un mozo lo señala con un dedo mugriento: es Don Artemio, dice, el patrón. Está enfundado en un traje negro y usa corbata de moño. No parece ni mongol ni gallego. Habla con una chiquilina a la que da órdenes perentorias. Su tonada es litoraleña, acaso de entrerriano del norte. Sonríe todo el tiempo.

En la once se dirige hacia el gordo, se para frente a él, y le explica todo, especialmente su furia contra la cajera que se quedó con sus cien dólares. El gordo asiente con una sonrisa y enseguida alza una mano que deja suspendida en el aire, como para que se calle y espere, y con voz suave llama a un mozo, que se acerca con trote marcial y se queda trotando en el aire, dando saltitos suspendido sobre un mismo lugar. Decile a Teresa que me vaya preparando un guisito de arroz, ordena, y su vista queda clavada melancólicamente en una de las columnas que están allá arriba, como para no escuchar al que sueña, que está desesperado y no cesa de hablar porque necesita que se atienda su situación, su desagrado, y quiere sus cien dólares.

Pero en eso viene otro mozo (foto doce, una instantánea) y le pregunta qué vino va a querer tomar y el gordo dice elegime un torrontés del año pasado, o sino un Rincón Famoso del 84, el que cuadre.

En la número trece, como el ofendido insiste en hablar del episodio y su indignación aumenta, el obeso sigue asintiendo pero con una sonrisa de cansancio, la condescendiente sonrisa del poder, que es también una mueca de intolerancia, mientras saca un cigarrillo y busca fuego, y otro mesero que pasa se lo enciende con unos fósforos Fragata, y al final dice me tienen harto no hay derecho, y lo dice suavemente aunque hay algo amenazante en su voz.

La foto catorce es un primer plano, desencajado, del que sueña: Cómo que no hay derecho, usted también se va a hacer el burro, gordo de mierda, y entonces todos se ríen, la foto se abre como tomada con un gran angular, un distorsionante *eye fish* que se llena de caras y bocas y dientes, y todo se vuelve grotesco como en las películas de Fellini, hay enanos y payasos en el patio, y gordas de grandes tetas, y querubines y vírgenes y demonios a la manera de los cuadros de Rubens, y el soñante empieza a retirarse lentamente, humillado y vencido, expulsado por El Gran Mongol.

Ahora está saliendo de la enorme tienda: en la foto quince ve, en la puerta, a la cajera rubia con los cien dólares en la mano, que se dirige hacia él y le tiende el billete con desprecio: se lo manda Don Artemio, dice, para que no friegue. Y se da vuelta y se va, y él, con doble humillación, camina de regreso a su casa, a su sueño.

Cuando se despierta tiene ante sí, clavada con chinches sobre la pared, una foto en blanco y negro en la que él, de niño, viste un trajecito de marinero: pantalón corto y saco cruzado de botones que él recuerda perfectamente que eran azules, cuadraditos, forrados. •

Coghlan, abril-junio de 1992.

El sobre lacrado

Para Cristina Meliante, 17 años después

HAY TANTAS MANERAS de contar una historia como narradores existen en el mundo, es verdad, pero yo digo que ninguno como Víctor Miguel Tapia, aquel viejo fabulador que, acabo de enterarme, falleció recientemente en Posadas, adonde los Tapia se fueron a vivir hace unos años, más o menos por la época en que yo accedí a la judicatura.

Don Víctor Miguel tenía una voz ronca de bajo profundo, que medio acariciaba las palabras y hacía que cualquier anécdota trivial pareciera un episodio trascendente. Yo era pibe pero me acuerdo de las deliciosas sobremesas que nos obsequiaba a los amigos de sus hijos, a veces en su casa de la calle Brown, a veces en el Hotel Colón cuando el Hotel Colón era un sitio elegante, de gente de pro, como decía mi padre cuando nos llevaba a cenar ahí o al Club Social, que era el otro restaurante distinguido de la ciudad. Me parece verlo, hablándonos desde la autoridad de sus impecables camisas de poplín y moñito al cuello. Jamás lo vi con corbata ni a pecho descubierto. Era como si las historias que contaba salieran no de su boca, sino de esos moños. Y acaso era esa autoridad la que hacía que a nosotros nos pareciese verdadero todo lo que él narraba, siempre aderezado con nombres de personas y lugares que todos conocíamos.

Una de esas narraciones es la que ahora voy a referir, con la aclaración previa de que sé que se trata de una historia pueril, nada asombrosa, y que yo jamás hubiese reproducido si no fuera que la carta de Angélica Tapia, que acabo de recibir, la vuelve pertinente. De modo que a pesar de las limitaciones de mi memoria, y sin la elocuencia del viejo Tapia, aquí va mi versión de las vicisitudes que debieron afrontar dos seres a los que el destino -esa imprecisa manera de llamar a Dios que tienen los ateos, como decía Tapia- zamarreó despiadadamente.

Todas las mañanas aquella muchacha hacía lo mismo: pegaba la cara a la ventana para mirar, lánguidamente, cómo se descargaba el camión colorado y el puesto de frutas y verduras se llenaba de cajones prolijamente acomodados unos encima de otros. Desde hacía meses, siempre lo mismo. Todo había empezado un amanecer de marzo en el que, bajo una persistente llovizna, comenzaron a armar el puesto en la esquina de 25 de Mayo y Necochea, desoyendo las protestas de los vecinos que consideraban absurdo desvalorizar el barrio instalando esa casilla de la que emanarían intensos olores y sólo serviría para ensuciar las veredas y afear los frentes de las casas. Y mañana en la que vio a ese muchacho fornido cuya espalda parecía una armoniosa combinación de músculos, y su cara una dura máscara de luchador romano que apenas, y sorpresivamente, se dulcificó cuando miró hacia su ventana, en el primer piso de la casa de enfrente.

Ella lo había estado mirando con la inconfesada sospecha de que a partir de entonces sus pensamientos y sus sueños cambiarían. Y quizá porque las certezas inesperadas resultan chocantes, había corrido la cortina bruscamente, fastidiada, cuando él la miró.

Pero al día siguiente se dedicó a espiar cómo terminaban de apuntalar el puesto, colocaban la instalación eléctrica y acomodaban los cajones abiertos con los precios marcados con tiza. También prestó atención, como cualquier otra mañana, al rutinario deslizarse de los automóviles, al cansino andar del caballo del panadero, al puntual paso de los micros de larga distancia que venían de la capital, Formosa o el interior de la provincia, y hasta al anticipado estruendo de las chicharras siesteras que rompían a cantar pasado el mediodía. Pero nada la desvió del descubrimiento de que lo que más se repetía, precisa, insistentemente, era su propia mirada sobre ese muchacho de hombros anchos y puntual sonrisa que charlaba con todos los clientes.

Durante muchos días, pongámosle un mes o dos, la muchacha miraba al verdulero desde su ventana, infaltablemente, y el muchacho le devolvía miradas, a veces sonrisas, a veces indiferencia.

Una de esas mañanas, el joven dejó el diario a un costado cuando se dio cuenta -supongamos- de que le interesaban muy poco las estadísticas de la carrera armamentista europea, el avance arrollador de los falangistas españoles o las bravatas de Adolfo Hitler. Acaso pensó que se trataba de un mal día, porque además tenía que ir al banco a levantar unos documentos, y encima llovía y disminuía la clientela, como si los días de lluvia la gente decidiera comer menos frutas y verduras que el resto de la semana. Nervioso, encendió un cigarrillo y arrojó el fósforo a un lado, sobre el pavimento. Entonces reparó en ese movimiento casi imperceptible en la ventana de ese primer piso. No era un descubrimiento: invariablemente la cortina de esa ventana se movía como si una brisa interior se produjera justo cada vez que él miraba hacia arriba.

En cierto modo esperaba ese meneo de la cortina. Ahí atrás había un rostro que lo espiaba desde hacía meses. Y era una muchacha, sin dudas, que esquivaba su mirada cada vez que él la sorprendía, y que carecía de ingenio (y de velocidad) para disimular y correr con la suficiente presteza la cortina o hacer como que miraba distraídamente los coches que pasaban. Era como un juego, en definitiva, que le importaba poco pero lo intrigaba cada día más.

A todo esto había una anciana en la historia, la vieja Elisa, que era algo así como la nodriza de la piba. La ayudaba todas las mañanas, luego de levantarla, asearla y asistirla en los ejercicios matinales. Después, le cubría las piernas con la frazada, le acomodaba amorosamente los pliegues, acercaba la mesa a la ventana y hacía mutis cuando la chica empezaba a escribir.

Con letra pequeña y caligrafía de adolescente, escribía un Diario en el que llevaba, a modo de cuaderno de bitácora desprovisto de aventuras, arcabuses y descubrimientos, un listado de sus fantasías, ideas, observaciones, sueños y frustraciones. Era un cruel pero paradójicamente inocuo testimonio de su niñez y de su enfermedad, doce años atrás, cuando dejó de ser una chiquilina de pelos dorados, fuerte y sana, y además privilegiada porque su papá era uno de los comerciantes más ricos del Chaco. Y era también un recuento de la angustia que sobrevino a la fiebre, a los dolores musculares, a la extensa internación y al invariable llanto de su madre y la definitiva cara de resignación de su padre. Allí narraba para nadie una especie de repertorio autocompasivo: la penosa tarea de recuperación (eufemismo para justificar la silla de ruedas y la gimnasia casi inútil de cada mañana) matizada con pensamientos y citas que tomaba prestados de la nutrida biblioteca que tenía a su alcance, todo lo cual pretendía describir su tenaz voluntad de volver a caminar, decisión que contrastaba con la certeza médica de la imposibilidad.

Como no escapará a la inteligencia del lector, era obvio que esta muchacha acabaría enamorándose -o lo que fuere que sintiese- del frutero al que espiaba con una rigurosidad típica de los nazis de la época. Y claro, el joven también empezó a ser parte de su Diario, en el que le escribía apasionadas cartas de amor, como es fácil imaginar.

Hasta que un buen día -en ese invierno que según Tapia fue crudísimo y amargo porque en septiembre empezó la guerra europea- la muchacha abrió la ventana y, cuando estuvo segura de que él la miraba, lanzó un sobre doblado hacia la calle y enseguida se escondió tras la cortina.

Aquella vez su letra se había deslizado con firmeza sobre varias hojas: de los recuerdos había pasado, con inesperada serenidad, a un presente que se llamaba Raúl, nombre que en boca de Elisa ya le era tan familiar como la existencia misma del puesto de frutas y verduras. Y escribió que lo imaginaba tierno y romántico; y le confesó que su vida había cambiado desde que se instalara allá abajo, desde que supo que él esperaba su mirada para sonreir de costado.

Cinco minutos más tarde, espió por la ventana y vio el sobre en las manos bastas de él, y su negra mirada dirigida interrogativamente hacia su ventana como taladrando el vidrio para penetrar, insolente, en su habitación.

Es dable deducir que el muchacho habrá pensado que esa chica debía estar loca, seguro era una nena malcriada y frívola como son las hijas de los ricos. Pero más tarde, tras leer la carta, seguramente sintió una mezcla de estremecimiento, lástima e incomodidad, y se quedó mirando insistentemente esa ventana que entonces sólo mostraba la indiferencia de las cortinas corridas.

Se habrá preguntado qué hacer, recordando los ojos marrones, la cara ovalada y la expresión como de asombro permanente de la muchacha. Y acaso sólo entonces reparó en la palidez exagerada de ese rostro, como el de un entalcado payaso de circo. Era obvia la importancia que había adquirido su existencia en la imaginación desbordante de esa muchacha que le confesaba, ingenuamente ardorosa, una pasión extraordinaria. Y cabe preguntarse si habrá advertido su propia, súbita capacidad de mutar el destino de una vida -la idea, digo yo, le habrá parecido inmensa, incontrolable- y hasta la concreta posibilidad de representar a Dios en el estrecho universo de los sueños de esa chiquilina que firmaba esas hojas con su vida, con su patética historia personal, al fin y al cabo una manera de impactarlo más contundente que si hubiera colocado un nombre cualquiera al pie de la carta. Turbado pero envanecido, el frutero guardó el sobre entre sus ropas y atendió a un cliente.

En este punto, es obvio que el lector ya se dio cuenta de cuál pudo ser el final de esta historia que hoy llamaríamos telenovelesca. Según Tapia, la muchacha comprobó que desde su interior le brotaba una irrefrenable y desusada excitación que, en definitiva, no era sino la certidumbre de que se terminaba un ciclo, una sensación como la de arribar a destino luego de una larga travesía. Se pasó toda esa tarde dedicada a la lectura. Frenéticamente, leyó algunos cuentos en la "Mundo Argentino", unos versos de Darío, o de Carriego, y terminó inmersa en las últimas, recientes novelas de ese desesperado autor que hacía furor en Buenos Aires: Roberto Arlt. Y cuando se hizo de noche descorrió la cortina, comprobó la límpida belleza que suelen tener los cielos de invierno sobre Resistencia, y bajó la vista y confirmó lo que tan ansiosamente había esperado: tres hombres desmontaban el puesto, cargando paneles y cajones sobre un camión estacionado junto a la vereda.

Hasta aquí la reproducción, más o menos fiel, de lo narrado por Tapia. En definitiva, como yo mismo menoscabé en alguna ocasión, aunque amarga, ésta no era sino una historia de amor algo pueril, poco apta para que algún libretista convirtiese en teleteatro.

Sin embargo, y aunque durante todos estos años no recordé este relato, anoche lo reviví intensamente después de leer la carta que desde Posadas me envía Angélica Tapia, la hija mayor de Víctor Miguel.

"Mi padre -cuenta ella- alguna vez intentó escribir sus memorias, pero siempre desechó la idea arguyendo que todas las maldiciones del mundo caerían sobre él. Y usted bien sabe lo supersticioso que era, como yo sé de qué modo atroz le remordían las culpas que decía acarrear desde su juventud. Lo cierto es que antes de que se agravara su enfermedad me pidió que abriéramos su caja fuerte sólo después de su muerte, y que yo entregara a su confesor (el ya anciano padre Mauro di Bernardis) un sobre que allí encontraría, lacrado y fechado treinta y seis años atrás.

"Pues bien, una vez repuesta de la pérdida de papá, me dispuse a cumplir su mandato. Pero -¿mujer al fin, dirá usted?- no pude evitar que la curiosidad me llevara a cometer la ominosa acción que ya se podrá imaginar. En efecto, abrí el sobre y leí, con creciente sobresalto, la inconfundible letra de mi padre confesando lo que él mismo califica de 'abominable actitud del joven impetuoso que soy'. En síntesis, querido amigo, le diré dos cosas: que él fue el frutero de aquella historia de amor; y que el final, en verdad, fue otro.

"La misma noche del día en que el Raúl del relato recibió la carta de la joven lisiada, papá trepó furtivamente hasta ese primer piso de la calle Necochea. La muchacha admitió su presencia y lo amó -asegura papá- 'con una pasión y una entrega que yo desconocía totalmente'. Horas más tarde, al amanecer, se alejó de la alcoba saltando desde la ventana hacia la vereda.

"Sólo al mediodía, cuando abrió el puesto de frutas y verduras -termina papá su confesión- comprendió que su acción, lejos de ser generosa, había sido tan terrenalmente egoísta como para desencadenar una tragedia.

"Y es que junto a la carta había un recorte desteñido de El Territorio en el que se comenta la terrible manera escogida por la hija lisiada del Dr. P. de poner fin a su vida, disparándose un balazo de pistola calibre 45 en el corazón, luego de haber sido -como demostró la posterior autopsia- misteriosamente desflorada sin violencia". •

Buenos Aires, octubre '75 / marzo '92.

Don Carrara

Para Beby

LA GENTE SE vuelve loca con Don Carrara: se dice
que en todo el Chaco no hay manosanta más eficaz, y a
mí en el barrio hacía rato que me lo venían recomen-
dando. Pablo Antonio primero no quería saber nada, y
me decía que yo estaba loca y que a ver si ahora también a mí se me daba por el pensamiento mágico. Así
que avisame y me divorcio, dijo, como si con eso yo
me iba a sentir amenazada. Pero después terminó por
aceptar que lo llamáramos, porque con el abuelo hemos
probado tantas cosas que con Don Carrara no perdía-
mos nada. Y además, la que se friega todo el día con el
viejo soy yo.

Pero igual, el otro día, cuando vino a la casa para
ocuparse del abuelo, la verdad es que ni Pablo Antonio
ni yo teníamos demasiadas esperanzas. Pero parece
mentira lo que es capaz de hacer ese hombre. Claro que
una lo ve de lejos y piensa que no vale nada. Es tan petiso que Pablo Antonio dice que debe sufrir mucho porque vive a la altura de los gases de la gente normal. Pero yo no creo que sufra tanto. Es feo y contrahecho, sí,
con ese aire de Quasimodo, pero tiene tanta inteligencia y astucia en la mirada que da miedo mirarlo a los

113

ojos. Y no es cierto que la inteligencia sea un sufrimiento.

Pablo Antonio lo recibió en la puerta y con todo respeto lo llevó a la habitación del abuelo, que para entonces era un solo quejido y tiraba patadas para los cuatro costados, no se sabía si del dolor o de la bronca.

-Ay, viejito -le dijo Don Carrara ni bien entró, con esa voz de pito que tiene-. No se me queje tanto que no hay bravo que no se arrodille con el ciático. Lo estiro un poco y va a ver que lo dejo como nuevo.

Y nos hizo una seña para que los dejáramos solos. Yo espanté a los chicos, en primer lugar, y seguidamente a Pablo Antonio, que como siempre se resiste a todo lo que le digo tardó un buen rato en salir. Don Carrara me miró como diciendo y usted también porqué no se va, pero yo ni loca me iba a ir de la habitación: alguna autoridad de la casa tenía que quedarse. Así que me senté en una silla, junto al ropero del abuelo.

-La esperanza no es lo último que se pierde, m'hija, sino el aliento -dijo Don Carrara, y empezó a trabajarlo al viejo con un aceitito primero, y después a pura mano.

Para mí era un simple masaje con rezo, porque Don Carrara rezaba algo, un murmullo como el de las palomas en la iglesia, cuando llueve, que parece que no pueden parar de hablar entre ellas. Le recorría la espalda al abuelo -que dicho sea de paso no dejó de putear ni un segundo- como si conociera todos los secretos de ese cuerpo desvencijado.

Después de un tiempo imprecisable, más o menos para cuando yo me paré a fumar junto a la ventana, el abuelo se fue calmando. Yo pensé hombre al fin, son todos iguales en el miedo a las enfermedades, las que tienen y las que suponen; sólo con mimos y caricias se tranquilizan. Quizá porque todos los bálsamos están en nuestras manos, finalmente. Tan frágiles son, y tan necios.

Como a la media hora el petiso suspiró y dijo, para sí, que siempre pasaba lo mismo: empiezan a los gritos, pero con los rezos todos se inclinan. Acaban sometidos como monjitas, dijo, y alzó las palmas mientras seguía moviendo los dedos en el aire. Sus manos parecían arañas vivas, sostenidas de hilos invisibles. Manos con vida propia y a las que ninguna voluntad hubiera podido detener. Enseguida los dedos volvieron a la espalda del abuelo, ahora con más ritmo, como valseando, y en eso Don Carrara me echó una mirada sin dejar de masajearlo al viejo, y alardeó:

-Hasta la mismísima Evita pasó por estas manos -y cabeceó hacia ellas, que andaban por los costados del abuelo y sin hacerle ni cosquillas. Era un asombro verlo al viejo tranquilo: manso y relajado como si acabara de echarse un polvo, como dijo después Pablo Antonio-. Y digo Evita en la cúspide de su poder, m'hija: año mil nueve cincuenta. Fue cuando vino a inaugurar los campeonatos de fúlbo infantil. Ya se sentía mal, pobre santa, y yo la estiré toda y le di energía para un año.

Y así diciendo le aplicó un violento tirón de cueros al abuelo, cuya espalda tronó como una roldana de aljibe. El viejo inspiró hacia adentro un aaaaaay larguísimo que a mí, la verdad, no dejó de resultarme placentero como venganza por tantas cretinadas.

No digo que hace años no haya sido un buen suegro, pero desde que enviudó y lo trajimos a vivir con nosotros, está insoportable: tiene el típico malhumor de los jubilados y no hay nada que le venga bien. Y como la única que está todo el día en la casa soy yo, no tengo más remedio que ocuparme de él. Y además es lo que se espera de una, maldita la gracia. Así es la vida del pobre, Gladys querida, me decía papá. Sí, pero peor es la de la mujer del pobre, decía mami, que toda la vida fue una santa pero también fue bastante pelotuda, Dios me perdone.

Después que lo hizo soltar el quejido, Don Carrara se separó apenas del cuerpo del abuelo, pero con las manos todavía suspendidas sobre la espalda, a unos cinco centímetros.

El abuelo lo miró de costadito, y yo juro que vi que lloraba. Al menos había agua en sus ojos y no era esa agüita que siempre lagrimean los viejos.

-Hijo de puta -se quejó el abuelo, y a esa declaración la siguió con un diluvio de maldiciones, en voz baja y en dialecto calabrés.

Entonces Don Carrara, con la velocidad de una araña, le juntó los omóplatos al abuelo y se los trabajó como si fuesen de plastilina.

-Retire lo dicho o lo deshago -dijo, con su voz de pito pero ahora de pito notoriamente amenazante.

El abuelo -había que verlo- metió otro suspiro para adentro y empezó a pedir disculpas como si se hubiera encontrado con Dios Padre en la puerta del Purgatorio.

-Termínela, por el amor de Dios... -le rogaba, sollozando.

Don Carrara lo fue dejando despacito, yo diría que medio cruelmente: fue quitándole las manos de a poco, mientras me contaba que hasta el mismísimo Jefe de Policía se somete a sus trabajos.

-Figúrese, m'hija, que en cuanto lo doy vuelta en la cama y empiezo a tirarle los cueros, jura que me va a meter preso y a aplicarme la picana. Entonces yo lo retuerzo un poco más fuerte y le digo a ver dígame cuándo y por qué o retire lo dicho porque si no lo dejo así. Siempre termina retirando.

No me van a creer, pero a todo esto el abuelo roncaba como un bendito. Ni Pablo Antonio, cuando entró, lo podía creer.

-Es como le digo, m'hija -me dijo Don Carrara, mirándonos de reojo-: no hay bravo que no se arrodille con el ciático.

Y empezó a acariciar la espalda del abuelo, amorosamente. El viejo se había internado en un sueño profundo y largo, del que despertó al día siguiente completamente restablecido.

Ahora, cada vez que se pone pesado, lo amenazamos con llamar a Don Carrara. Ultimamente, me parece que es lo que anda necesitando. •

Resistencia, diciembre '84 / Paso de la Patria, septiembre '92.

Luminoso amarillo

A David Lagmanovich

CUANDO EL HOMBRE estacionó el coche, todos miraron hacia el luminoso amarillo de la carrocería. Era un viejo 125 del 68 que tenía un guardabarros todo abollado y el faro izquierdo hecho añicos. Pero la parte que brillaba estaba limpia, como recién lavada. Eso era muy llamativo para el paisaje sucio y asqueroso del caserío, de callejas de tierra, polvo en el aire y moscas que parecían aviones revoloteando sobre un objetivo militar como en "Los puentes de Toko-Rí". Todos miraron al coche y al hombre, especialmente los chicos. Todos, excepto la vieja. Ella lo que hizo fue dar una pitada más profunda al cigarro que tenía entre los labios, suspendido como un astronauta en el espacio, y tras soltar el humo por un costado, le dijo al viejo:

—No lo atiendas.

El viejo se levantó lentamente, sin dejar de mirar al hombre, y se aplanó el pantalón sobre los muslos. Era un gesto innecesario porque el pantalón ni tenía raya ni estaba limpio. No era más que una de las tantas prendas miserables que los evangelistas traían un par de veces por año. A él le había tocado ese traje azul el otoño pasado, pero el saco no le había servido porque tenía una sola manga. Otro gesto innecesario fue alisarse el pelo con la palma de la mano: le quedaban muy pocos y todos parados y llenos de piojos.

Se mantuvo de pie, esperando, mientras la vieja entraba en la casilla apartando un pedazo de arpillera que hacía de puerta y jurando que había decidido no mirarle la cara al tipo y no se la iba a mirar.

Una bandada de chicos se acercó al 125, lo rodeó y empezó a tocarlo. Uno de los más petisos, un enano de patitas flacas y cara escoriada y pustulenta, fue el más audaz y se sentó al volante. Los demás lo miraron con envidia y todos se reían como se ríen los indios cuando están nerviosos y no saben cómo comportarse en determinada situación. El hombre miró hacia atrás y decidió ignorarlos. No le importaba lo que hicieran, así que caminó hacia la casilla con paso lento y seguro. Antes de cruzar la zanja de aguas podridas se detuvo y encendió un Parliament con un encendedor de plástico.

Vestía camisa blanca a rayas azules, verticales, un jean gastadísimo y mocasines recién lustrados pero muy viejos. Era un hombre alto, de ojos chiquitos, y tenía una nariz flaca y larga como un picahielos. No aparentaba los 50 años que tenía pero sí se notaba que había pasado los 40.

Se dirigió al viejo y le dijo "buenas cómo anda", y después que el viejo respondió "aquí nomáh'ando", le preguntó si ya estaba lista.

El viejo lo miró con esa expresión hueca, mortecina, que tienen los indios en las postales que se venden en los hoteles de Resistencia, y no respondió.

-La chica, si está lista -repitió el hombre.

El viejo miraba ahora la punta de su alpargata, acaso el exacto lugar por donde asomaba un dedo de uña larga, arrepollada, roñosa como una deslealtad. Y dijo:

-Y... -que era como decir que sí, que como estar lista estaba lista, pero que todavía faltaba algo.

-Yo le traje lo suyo -dijo el hombre-. Pero la chica, ¿dónde está?

-Ahí'stá -dijo el viejo, señalando con el pulgar sobre su hombro la puerta de arpillera-. Pero ella no quiere.

-¿Quién no quiere?

-Ella.

-¿La piba? ¿Y qué importa lo que quiera?

-La madre.

El hombre hizo una mueca y negó suavemente con la cabeza:

-Usté y yo ya lo arreglamos... ¿Qué quiere, ahora? ¿Más guita?

Hostil, lo dijo. Era un tipo tranquilo pero no le gustaba esa gente, ni el barrio, y probablemente tampoco su trabajo, si eso era un trabajo.

-Yo soy de una sola palabra -agregó, digno.

El viejo asintió como si hubiese comprendido. Pero no había comprendido. Pensaba en lo que le había dicho su mujer esa misma mañana: que no la vendemos, que no va a salir de acá. Le había dicho, también, muchas otras cosas.

El viejo pensaba en todo eso cuando se acercaron algunos chicos más. Del otro lado de la zanja, unos siete u ocho pasajeros llenaban ahora el auto amarillo. El que estaba al volante seguía manejando quién sabe por qué caminos. Ya estaría llegando a Norteamérica. A su lado, de pie contra la ventanilla, el que parecía el mayor de todos, de unos doce años, empezó a orinar oscilantemente contra el guardabarros sano y contra un laurel florecido. Todos se reían y decían cosas incomprensibles. Hablaban en toba. Uno que tenía el pelo muy largo y piojoso, caído sobre la frente y cubriéndole las cejas, se asomó por la ventanilla trasera y empezó a escupir al que orinaba. Dentro del coche todos empezaron a aplaudir y a saltar. El hombre los miraba como se mira a un músico borracho que está desafinando.

Una indiecita, posiblemente hermana de todos ellos, salió de la casilla corriendo, urgida por alguna orden, y esquivó al viejo y se dirigió a otro rancho que estaba a unos cincuenta metros sobre la misma calle. A su paso dos o tres gallinas flacas revolotearon al huir hacia el montecito de jacarandáes y espinillos que estaba ahí atrás, a veinte metros. La niña tendría unos siete años y vestía un delantalcito gris de reformatorio; o quizá había sido blanco y estaba roñoso. Descalza, sus pasos levantaron una inesperada polvaderita. Unos chicos, al verla, se rieron y uno le gritó algo y los otros se rieron aún más. Pero enseguida callaron porque el viejo les dijo algo, en toba, y señaló hacia el Fiat amarillo donde los demás seguían festejando como si estuvieran en un parque de diversiones. En dos segundos se fueron todos hacia el coche. El hombre se preguntó de dónde salían tantos. Entonces dijo:

-Cuántos son.

-Collera -respondió el viejo-. Son una collera...

Y después de un rato, como si los hubiera recontado mentalmente, agregó:

-Y cuatro que ya se jueron.

El hombre encendió otro cigarrillo. Como el viejo lo mirara con intención, le pasó el paquete de Parliament. El viejo lo agarró, sacó un cigarrillo que puso en su boca y se guardó el atado en un bolsillo. El otro hizo fuego con su encendedor y los dos fumaron.

Estuvieron así, en silencio, de pie. El viejo cada tanto espantaba una mosca. El hombre se pasaba un pañuelo arrugado y grasiento por la frente a cada rato, y empezaba a cansarse.

-¿Y...? -preguntó-. ¿Qué más hay que esperar? Tráigala y le pago.

-Dáme la plata -dijo el viejo, y tendió una mano de piel reseca y cuarteada, de palma infinitamente atravesada por líneas que parecían zanjas.

Pero se quedó con la mano abierta en el aire porque el otro negó con la cabeza mientras exhalaba humo por la nariz.

-Primero traéla y que se suba al auto. Así dijimos que iba a ser.

El viejo dijo:

-Güeno, pero dáme algo. Pa'mostrarle a ella -y volvió a estirar la mano, que hizo un movimiento de abajo hacia arriba como si sopesara una pelota imaginaria, y que era una manera de decirle al hombre que era la madre la que no quería, la que no estaba de acuerdo y entonces había que mostrarle el dinero para convencerla.

-No seas ladino, Gómez. Ayer te di el adelanto que arreglamos. Además, te sobra cría y la chica en cualquier lado va a estar mejor que aquí.

El viejo bajó la mano. Parecía abatido, dentro de lo inescrutable de su expresión ausente.

-Andá decile -insistió el hombre- ¿O ahora se van a poner sentimentales?

Y se rió para sí, y espantó una mosca y se secó la frente con el antebrazo.

El viejo se metió en el rancho lentamente. El hombre buscó con la mirada una silla, un tronco donde sentarse. Pisó un mamboretá que caminaba hacia él, verde como una esmeralda falsa, y miró hacia el 125 donde ahora todos los pasajeros estaban serios, concentrados, igual que cuando un avión entra en una zona de turbulencias.

De pronto se escuchó un grito. Agudo, estridente como un chirrido de frenos gastados, al que siguió una discusión en ese idioma incomprensible. La palabra que más se repetía era "aneká" o algo así. La que la pronunciaba era la vieja: cada cinco palabras decía "aneká". Se oyó también un ruido como de algo duro que golpea contra algo blando. Y después un llanto. Y al ratito salió el viejo.

Se había puesto un sombrero marrón, viejísimo, todo mordido por ratas o polillas.

-Ya'stá -anunció-. Ahora dáme.

El tipo jugaba con una ramita de paraíso. No dejó de hacerlo.

-La plata -insistió el toba.

El hombre flaco metió lentamente una mano en el bolsillo del pantalón y sacó un fajo de billetes doblado al medio. Se mojó pulgar e índice con la lengua y, tomando el fajo con el puño izquierdo, contó los billetes. Cuando terminó la operación, volvió a doblarlos y se los metió en el bolsillo de la camisa. De ahí sacó un cigarrillo todo arrugado y lo encendió. Soltó el humo con fuerza, suspirando como si estuviera cansadísimo, y se puso de pie. Caminó lentamente hacia el 125, seguido por la mirada ansiosa del viejo. Al cruzar la zanja dio vuelta la cabeza y lanzó un gargajo grueso y oscuro a las aguas podridas.

-Vía, vía -dijo cuando llegó al coche. La pequeña tribu bajó dando portazos. Cucarachitas que en la noche huyen de la cocina, corrieron en todas las direcciones. El hombre miró el asiento en el que iba a sentarse y se quedó de pie, fumando apoyado contra la puerta abierta del lado del volante. Miró hacia el viejo inexpresivamente, como quien mira la desdicha de alguien que no le importa en absoluto. El viejo hablaba hacia adentro de la casilla, con un aire más perentorio que imperativo.

Enseguida salió la vieja, mirando al viejo con odio, y detrás de ella una muchachita de unos quince años, de pelo larguísimo hasta la cintura, y brilloso como si acabaran de lavarlo y lo hubieran cepillado un largo rato. También vestía un delantal gris de esos de orfelinato, o de escuela de monjas: de mangas cortas, recto en la cintura y largo hasta debajo de las rodillas. Brazos y piernas eran oscuros y tersos, flacos, y el delantal apenas dejaba adivinar sus formas de mujer. En la cara, de pómulos altos y nariz achatada, se destacaban la boca muy carnosa y los ojos negros, achinados pero expandidos por el miedo. La vieja, sin dejar de mirar al viejo, dijo algo que movilizó a la chica, que empezó a caminar hacia el coche. El que la siguió fue el viejo.

Cuando llegaron al auto, le indicó a la muchacha que subiera por el otro lado y tendió la mano hacia el hombre flaco de nariz de picahielos. Este tiró el cigarrillo al piso y mientras lo aplastaba con el zapato sacó los billetes de la camisa y los depositó en la mano ajada, abierta, del viejo. Enseguida se subió al coche, puso el motor en marcha y arrancó sin siquiera mirar a su acompañante. •

Viena, Octubre '90 / Coghlan, Junio '91.

La gente no sabe lo que hace

EL COMANDANTE GARCIA se llamaba, en realidad, Carlos García y tenía tanto de comandante como
usted o como yo, pero él decía que era comandante. Y
de las Fuerzas Armadas de Marte en la Tierra, nada
menos.

Era un hombre ya mayor: sesentón, alto, grueso, de
manos nudosas y hablar incesante, con pinta de ferro-
viario jubilado. Los jubilados ferroviarios son gente
tranquila, acostumbrada a las largas meditaciones, a la
contemplación, y les queda como un movimiento ca-
dencioso en el andar, una especie de traqueteo conta-
giado y cierta perspicacia de investigador solitario, de
inspector que busca ilegalidades. Aunque la verdad es
que yo a García le atribuí ese oficio solamente por su
manía de andar siempre consultando su reloj de bolsillo, redondo, grandote y con tapita.

Un día llegó a la redacción y pidió hablar con Roberto Piruzzi, quien por entonces gozaba de merecida
fama como uno de los más agudos periodistas de Resistencia porque había destapado no sé qué escándalo
del gobierno de turno. Piruzzi lo recibió y escuchó, sin
asombro, con toda naturalidad y un interés que nadie
podía saber cuánto era fingido, el inverosímil relato de

García sobre una inminente invasión marciana a la Tierra que iba a comenzar de un momento a otro, y por el Chaco. "Pero venimos en son de paz -tranquilizó el delirante-. Y no hay que asustarse, porque si no la gente no sabe lo que hace".

Planteado así el asunto, el disparate era más claro que agua con lavandina, pero Piruzzi lo escuchó y hasta diría que lo alentó con vehemencia y respeto. Un poco para ganarse la confianza del viejo, me parece, pero seguro que también porque sabía que la investigación periodística no tiene límites y la sorpresa carece de final si uno sabe buscar siempre algo más. Incluso, después de lo que voy a contarles, alguno en el diario dijo que Piruzzi llegó a visitar al loco en su casa de la calle Ameghino, la que fue descripta como "sombría, llena de gatos y muy sucia", y en cuya azotea García afirmaba que algunas noches recibía las señales marcianas.

El viejo aseguraba que lo sabía todo sobre la invasión porque ellos -así decía: "ellos"- lo habían designado comandante en jefe de las operaciones en la Tierra. Naturalmente, para él era fácil distinguirlos, aunque advertía que se parecían bastante a cualquiera de nosotros. "No son nada del otro mundo" llegó a decir una vez, y yo pensé que quizá hasta nos estaba cargando.

Al principio le hacíamos preguntas con seriedad aparente, para después burlarnos, fatuos, porque éramos muy jóvenes y el peor defecto de los periodistas jóvenes es la soberbia. Pero al cabo de la segunda o tercera semana de aparecer diariamente por la redacción, ya ninguno le daba ni cinco de pelota. Salvo Piruzzi, que era el único que lo tomaba en serio, se mostraba auténticamente interesado y era coherente en sus interrogatorios. Los demás lo ignorábamos y en cuanto lo veíamos venir con su paso balanceado, vistiendo el mismo viejo traje de sarga, la misma camisa de cuello demasiado gastado y la misma exhausta corbata manchada de sopas, frituras y cafés -todo lo cual denunciaba lo precario de su economía- le decíamos a Patricia, la recepcionista, que le dijera que ninguno estaba. Excepto Piruzzi, que siempre lo atendía con una paciencia que nos parecía de santo.

No entendíamos por qué Roberto le hacía caso, si todos estábamos hartos de García y sus peroratas atiborradas de datos incomprensibles que guardaba en una carpeta de esas de tamaño oficio, tribunalicias, llena de gráficos, coordenadas y ecuaciones que seguro ni él entendía, pero con lo cual pretendía demostrarnos la veracidad de sus afirmaciones y advertencias, que al principio todos simulamos comprender perfectamente. En aquellos primeros días, fascinado por contar con lo que él habrá creído un auditorio calificado, García no se ahorraba un cierto preciosismo en el lenguaje, y por momentos su entusiasmo lo llevaba a divagaciones sobre temas corrientes como el fútbol, la inflación o el peronismo, cualquier cosa, y en esos asuntos sí era congruente, diría que hasta sensato. Como todo buen chiflado, disimulaba muy bien su locura hasta que pum, patinaba de nuevo cuando se le cruzaba la cosa de los marcianos. Entonces derrapaba hacia los inicios de la lenta invasión, comenzada, naturalmente, muchos siglos atrás y gracias a la colaboración de tipos como Galileo, por ejemplo, y otros tan disímiles como el Virrey Cisneros, Lord Canning, Howard Fast, John Huston o el ministro de economía de aquellos meses. Y eso, cuando no nos encajaba supuestas precisiones sobre los barrios que más probabilidades tenían de ser bases marcianas, una vez consumada la ocupación.

Una tarde llegó muy alterado, presa de un evidente ataque de paranoia grave, y pidió hablar con Piruzzi, a quien le anunció, medio a los gritos, que había un cambio de planes y que ambos corrían peligro. El tipo estaba tan nervioso que no faltó el gracioso, creo que Ivancovich, que hasta se ofreció a esconderlo en el sótano de la casa de una tía que vivía en Barranqueras, generosidad que García agradeció brevemente, por completo ignorante de nuestra sorna. Nunca se había dado cuenta de nuestro cinismo, ni del fingido interés con que cada uno le dirigía la palabra, pero esa vez, yo digo que de tan desencajado, se veía más ingenuo y ridículo que de costumbre.

Para nuestro asombro, Piruzzi nuevamente lo escuchó con toda seriedad, atentamente anotó algunas cosas en su libretita, y nos pidió que los dejáramos solos y también que nos dejáramos de joder. Lo dijo con tanta severidad que nos llamó la atención, porque todos descontábamos que no creería una sola palabra del maniático discurso del viejo, si Piruzzi era un periodista de primera, casi casi la estrella del diario.

Cuestión que cada uno volvió a lo suyo, el Jefe Martínez tiró la bronca por el atraso del cierre, y allá quedaron los dos hablando en voz baja, en la recepción, hasta que García se fue.

Nunca más regresó a la redacción, y eso podría haber sido un alivio si no fuera que al día siguiente Roberto Piruzzi no fue a trabajar, y al siguiente tampoco. Al tercer día el Jefe Martínez preguntó si alguno sabía algo de él. Respondimos que no, ninguno sabía nada, e incluso Traverso dijo que le había llamado la atención que hacía dos noches que ni siquiera aparecía por el Belén, donde todas las noches se tomaba una ginebra antes de irse a dormir. Martínez nos pidió a Traverso y a mí que fuéramos a buscarlo a la casa.

Piruzzi vive por la calle Rioja arriba, para el lado del Regatas, pero en la casa no había nadie. Una vecina nos dijo que hacía unos días que no lo veía y que la última vez lo había visto salir con un viejo que respondía exactamente a la descripción de García.

Por supuesto, ustedes ya estarán pensando que de Piruzzi nunca más se supo. Error. Porque Piruzzi apareció como diez días después, habló con Martínez y parece que le pidió disculpas, no sé qué cuento le hizo. Volvió a su puesto de siempre y hasta escribió un par de reportajes de gran repercusión, con su prosa brillante, ese estilo medio arltiano que caracteriza las contratapas del diario y que tanto le gusta a los lectores. Y de García no habló más, en todos estos meses, y ni se dio por aludido cuando alguno comentó, entre burlón y agresivo, que qué raro que el comandante García no venía más con sus historias de marcianos.

Creo que el único que le notó algo raro en la mirada, al flaco Piruzzi, fui yo. Cosa que anoche confirmé, cuando después del cierre fuimos juntos al Belén, taqueamos unas carambolas y nos tomamos un cafecito con ginebra y hielo. Roberto abandonó de golpe su mutismo, me miró fijo a los ojos, y me dijo que a mí, que soy su amigo y que soy un tipo serio, me lo podía confiar. Y empezó a hablar de una inminente invasión marciana a la Tierra que, según parece, va a empezar por el Chaco. •

París-Hamburgo, junio '81 / Coghlan, marzo '92.

131

Gorriones en el paraíso

-QUE APELLIDO -DIJO Márquez.

-No me joda -dijo Ovejero.

-Es que tiene gracia -insistió Márquez, y se reacomodó en el taburete.

-Respete, ché -pidió Ovejero-. ¿No ve que estoy jodido?

Y le dedicó una mirada larga, implorante, como la mirada de un hombre que está vacío.

-Ya están borrachos -dijo Marga-. Encima van a terminar peleados.

-No -dijo Márquez-, mejor *empezar* peleados.

-Pero por lo menos respétele el dolor.

-Que se lo respete su abuela. Usted me chupa un huevo, Ovejero.

Ovejero miraba su vacío como si ahí fuera posible encontrar algo.

-Yo la quería -musitó.

-Claro que la quería -le dijo Marga a todos los presentes-. Ovejero la quiso mejor que nadie en el mundo.

Márquez se alzó del taburete y lanzó una trompada, con el puño cerrado, que se estrelló en la nariz de Ovejero, quien fue retrocediendo como un muñequito mecánico, pasito a paso hasta dar con las nalgas contra la pared. Ahí se quedó, mirando todavía con sorpresa al otro, hasta que de pronto hizo un puchero como los bebés y empezó a llorar. En silencio. Todos se daban cuenta de que lloraba sólo porque se le movía el pecho, y por los ojos mojados.

-Váyase a la recontramilputas que lo recontramilparió -dijo Márquez, y se tomó el vaso de ginebra, completo.

Dos lagrimones rodaban por las mejillas de Ovejero. Pero no eran lágrimas de dolor por la trompada que había recibido. Márquez medía un metro sesenta y aunque era compacto carecía de fuerza como para lastimar verdaderamente a un hombre. Ovejero lloraba de tristeza, de dolor de adentro; era el alma la que le lloraba.

Como si hubiera estado en otro sitio, Batista dijo qué les parece la delantera de For Ever para el domingo, y mencionó varios apellidos. González opinó en desacuerdo y se trenzaron en una discusión porque había un paraguayo que jugaba de ocho que no le parecía. Y Marga dijo que a ella le parecía un eunuco.

-Si vos lo decís será porque te lo quisiste montar -le dijo Arévalo, y la Marga le encajó un codazo en el plexo y le dijo "salí" como quien espanta una mosca. Batista insistía con For Ever y decía ya van a ver que este año no'salvamo del descenso, no'salvamo.

Irala, desde otra mesa, le dijo una grosería en guaraní, y todos se rieron pero no porque lo hubieran comprendido sino por la forma en que dijo añá membí, añá membí y añá membí, con el labio leporino pegado al tabique nasal y entonces escupiendo. Y porque tres veces lo dijo, y todos sabían la rabia que sentían el uno por el otro por un asunto viejo, de cuando el 55. Nadie les hacía caso con eso. Ya no.

Márquez miró a Ovejero, que seguía al costado del salón, sentado en el suelo con las rodillas levantadas y los talones contra las nalgas, como los chicos. Lloraba hacia adentro, con un llanto suave, casi imperceptible, como llora un hombre inconsolablemente triste, un hombre acabado. Eso era Ovejero en ese momento.

Marga le hizo una seña a Márquez, un leve movimiento de cabeza como diciéndole te mandaste una cagada, andá ayudálo. Pero Márquez se hizo el distraído y fue el único que no vio, porque no quiso ver, la seña de Marga, que había sido lo suficientemente ampulosa porque ella pertenecía a esa clase de mujeres que no saben hablar si no es moviendo las manos y haciendo gestos y muecas. Y aunque Batista quiso seguir con algo de For Ever y los tablones podridos de la tribuna y el desastre que iba a ser el día que se viniera abajo con una ponchada de negros, al ver la seña de Marga todos miraron a Ovejero, que estaba desolado como si hubiera perdido el alma.

Se hizo un silencio espeso y caliente, cuando hasta el mismo Batista se dio cuenta de que estaba hablando solo y se calló la boca. Era un silencio incómodo, pesado como siesta de enero. La visión de Ovejero, destruído por el dolor, era conmovedora pero también insoportable. De a uno, todos le retacearon hasta la mirada y miraron para afuera, esquivando mirarse unos a otros, y vieron los paraísos de la vereda, el lapacho florecido del patio, el Sierra del Doctor MacDonald que pasó como una mariposa, leve, por el pedazo de ventana que daba a la calle Obligado.

Al silencio lo rompió Marga, como siempre, porque siempre era la única que sabía qué hacer cuando ninguno sabía.

-A ver ustedes dos -les dijo a Batista y a Linares-, levántenlo y se lo llevan y lo lavan un poco. Y vos (a Batista) acabála con el fulbo por un rato, hacé un esfuerzo.

Después le ordenó a Márquez:

-Y vos esta noche le pedís disculpas por la piña.

Los demás se quedaron sentados, mirando unos gorriones que justo en ese momento parecía que copulaban en una rama del paraíso.

-Y vos, Hermida, esta tarde cerrás el boliche por duelo -le dijo después a su marido, que se hacía el tonto y limpiaba unos vasos detrás del mostrador.

Hermida asintió con la cabeza.

-Y los quiero a todos a las cuatro en el velorio -terminó Marga-. Limpios y sobrios. •

Graz, Octubre del '90.

Jeannie Miller

A VECES PIENSO que Resistencia también es un pueblo feo, chato, gris y sucio. Como Formosa, digamos, aunque un poco más pretencioso. Pienso eso cuando siento la rabia que me produce acordarme de la historia de la negrita Jeannie Miller.

Fue hace exactamente diecisiete años. Ella tenía, entonces, diecisiete años, y estuvo once meses con nosotros, de febrero a enero. Llegó becada por un programa de intercambio de jóvenes, y en abril se enamoró del Pelusa Andreotti, que era uno de los chicos ricos de la ciudad, el mayor de los varones de una familia tan sensible como el trasero de una vaca muerta. Un muchacho bello, de cuerpo atléticamente trabajado y ojos celestes, muy claros, del color de esa porción de cielo que se ve, a las seis de la tarde, sobre el horizonte verde de la selva y debajo de una oscura tormenta de verano.

Jeannie era una chica negra y llegó contenta a esta tierra donde todos se jactaron siempre de no ser racistas. Y eso pareció cierto cuando el Pelusa la empezó a presentar como su novia, y los viejos y los amigos del viejo, en el Club Social y en el Golf, la aceptaron porque después de todo era algo exótico ese asunto, y encima era una muchacha lindísima, de formas casi perfectas, una sonrisa de dientes que parecían copitos de algodón y una alegría que iluminaba cualquier sitio en que estuviese. Y además, era sabido, se quedaría poco tiempo en Resistencia.

A mí no me gustaba cómo la trataban los Andreotti, y alguna vez lo hablé con ella. Nos habíamos hecho muy compinches desde el día mismo de su arribo, porque yo era uno de los pocos chicos que hablaba un inglés medianamente bueno. Y aunque el mío era de Cultural Inglesa, y ella hablaba el del Mid West, de hecho le serví de traductor durante las primeras semanas, mientras ella practicaba su delicioso español.

Ella se entregó a la amistad de los chicos del Nacional, y todos la queríamos porque era una flor de mina: compañera, divertida, derecha. La pasó rebien en Resistencia, y fue feliz, y fue mi amiga. A mí me encantaba, la verdad, y debo admitir que quizá me enamoré de ella pero nunca se lo dije porque nos habíamos hecho muy amigos y en aquella época yo pensaba que el amor podía ser una traición a la amistad. Pero fundamentalmente creo que no se lo dije porque yo era un chico muy tímido e inseguro. Por supuesto, cuando ella empezó a salir con Pelusa a mí se me revolvieron las tripas.

Se enamoró como se enamoran los adolescentes: de modo definitivo y con una entrega absoluta, porque para los adolescentes todo es definitivo y absoluto y aún no saben, ni quieren saber, que es la vida la que se encarga, después, de enseñar matices, requiebros e hipocresías. Digamos que se enamoró con una inocencia como la de esas violetitas que crecen sin que la gente de la casa se dé cuenta. Y aunque no me gustaban ni el Pelusa ni los Andreotti, cuando Jeannie me dijo que no los juzgara mal, y que ella era feliz, también tuve que admitir que debían ser mis prejuicios porque ellos pertenecían a esa despreciable clase de los nuevos ricos, llenos de ínfulas y mala memoria.

Al cabo de ese año volvió a su tierra, que para nosotros era la inconcebible otra parte del mundo: Idaho, Wisconsin, o alguno de esos estados que nos resultaban improbables. En los últimos tiempos nos veíamos menos: ella ya hablaba muy bien el castellano, andaba todo el día con el Pelusa y otros amigos, le hicieron un par de despedidas a las que yo no quise ir y bueno, creo que por despecho yo había empezado a noviar con otra chica, la verdad es que no me acuerdo. Supongo que estaba celoso. Antes de irse me llamó y nos pasamos toda una tarde andando en bicicleta y charlando. Fuimos al río y recordamos sus primeros días entre nosotros, nos prometimos escribirnos, y nos juramos que pasara lo que pasase nunca íbamos a dejar de ser amigos y yo alguna vez iba a ir a visitarla en su pueblo. En algún momento estuve a punto de decirle que la amaba, que estaba loco por ella, pero no me animé. Esa cosa terrible de los tímidos que hace que uno sepa que si no dice lo que siente en el momento en que debe decirlo se va a arrepentir toda la vida, pero igual no lo dice. Yo creo que ella se dio cuenta, porque en algún momento me miró de un modo diferente, más intenso. O fueron ideas mías, nomás. La mirada de los negros, cuando está cargada de afecto, tiene muchísimos siglos de ternura. Y yo era chico, cómo no me iba a confundir.

El caso es que Jeannie se fue de Resistencia dejando una parva de amigos, recuerdos que todos creíamos imborrables y para siempre, y un corazón vacío que era el

mío. También se llevó un montón de regalos. Entre
ellos una cadenita de oro con una medallita de la Virgen de Itatí, que mi mamá compró para que yo se la regalara, y una estatuilla de algarrobo -un hachero de cabeza filosa- que el Pelusa le obsequió mintiéndole que
era una artesanía típica de los indios tobas.

En el aeropuerto le pidió públicamente, además, que
regresara para casarse, y ella le prometió que volvería
al cabo de unos meses.

Pero al día siguiente de su partida, nomás, ya el Pelusa le contaba a todo el mundo cómo se la había montado a la negrita, y las tetas que tenía, y tras cada risotada apostaba a que la negra volvería porque estaba loca por él, y él juraba que se la pasaría a sus amigos para que todos supieran lo calientes que son las de esa raza.

No recuerdo nada especial que haya ocurrido aquel
invierno, salvo que en nuestro último año de secundaria salimos subcampeones nacionales con el equipo de
básquetbol colegial.

Para la primavera, yo ya había decidido estudiar
abogacía en Corrientes, y el mismo martes que fui a
iniciar mis trámites de inscripción, en cuanto bajé del
vaporcito en Barranqueras me enteré de que Jeannie
había regresado al Chaco.

Esa misma noche la vi, y estaba deslumbrante, enamorada, encendida como los trigos nuevos. Había vuelto para reiterarle al Pelusa que lo amaba, pero también
traía una noticia que equivocadamente pensó que debía
ser maravillosa: estaba gestando un hijo.

Inesperadamente para ella, se encontró con la hostilidad del hijo de Don Carlo Andreotti, quien se encargó de que todo Resistencia supiera que la repudiaba a ella y a esa mierda de hijo negro que sería el hazmerreir de la ciudad.

Por más esfuerzos que hicimos algunos amigos, Jeannie no soportó el desprecio y no duró ni dos días en Resistencia. El jueves por la mañana tomó un avión para Buenos Aires, y el viernes otro hacia Miami.

Dos semanas después supimos -cuando nos avisaron que se interrumpía el servicio de intercambio de jóvenes- que se había matado reventándose la panza con la estatuilla de algarrobo.

Yo me ligué dos días de cana y un proceso por lesiones graves por la paliza que le propiné al Pelusa.

Después me fui a estudiar a Corrientes.

Pelusa se casó al año siguiente con una chica de Buenos Aires, una rubia de ojos azules tan inteligente como una corvina.

Debieron pasar diecisiete años hasta que pude visitar el cementerio donde yace Jeannie Miller. Queda en las afueras de South Bend, Indiana.

En su tumba deposité un ramo de rosas, y allí decidí que Resistencia es también un pueblo feo, chato, gris y sucio. •

Charlottesville, Virginia, oct./dic. 1988.

Turcos

ESTE QUE YO digo era el Turco Cafune que vivía en la Donovan, cerca de la Normal. Abogado y cazador. Como lo primero un peligro; como lo segundo una puntería extraordinaria: todos los domingos a la noche volvía con docenas de patos. Yo no sé qué les da a ciertos tipos por matar animales. Después hacía unos escabeches incomibles que convidaba a todo el vecindario. A mí me tenía podrido con los patos en escabeche. Le decía a la Facunda no lo atiendas, si viene el Turco no lo atiendas. Pero ella, como siempre, hacía lo que se le daba la gana.

Era muy mujeriego, como buen turco. Sostenía que la ley musulmana era menos hipócrita que la católica: el gallo vive rodeado de gallinas -decía-; hay un toro para muchas vacas en cualquier campo. ¿Entonces por qué el hombre tiene que estar condenado a vivir con una sola mujer? ¿De dónde salió semejante castigo para el animal superior de la escala zoológica?

Yo digo que lo decía en serio y no por hacerse el gracioso. En todas las sobremesas, cuando nos juntábamos a comer con otros matrimonios amigos, teorizaba sobre las virtudes de la poligamia islámica. Decía que se originaba en la necesidad de brindar protección a las mujeres. Antiguamente los hombres iban a la guerra y morían por millares. Entonces, si había mil desaparecidos, consecuentemente quedaban mil viudas y había que atenderlas. Gracias a la poligamia, explicaba, todos felices. Y además la vida en el harén debía ser fenómena porque las minas charlaban entre ellas, y se consolaban y se sentían protegidas.

Al principio, cuando éramos amigos, todos nos reíamos menos su mujer, la Dorita Sada, que no se reía ni en broma y le decía hacete el chistoso, hacete el chistoso que ya vas a venir a pedir clemencia esta misma noche.

Y la que tampoco se reía era la Facunda, por supuesto, que también es turca, también Cafune, y es amarga como carne de culo, con perdón de la expresión. Siempre está en contra de todo lo que yo digo, y es más gritona que un foxterrier. Jamás estuvo de acuerdo en algo conmigo, más que el día en que nos casamos. Y eso hasta por ahí nomás, porque a último momento armó un escándalo porque yo me olvidé de invitar a los Gotlieb y ella dijo que eso era darle de comer a las víboras. Con la lengua de los Gotlieb después van a andar diciendo que se confirma que los árabes somos todos antisemitas. Eso fue la misma mañana de la boda, y cuando yo le dije que no le diera importancia la Facunda se plantó con que así no me caso nada, yo sabía que iba a pasar esto. Porque ella siempre dice que ya sabía lo que iba a pasar. Al final tuve que ir personalmente, a las tres de la tarde, a llevarle la invitación a Doña Fanny con la excusa de que había sido un error del correo.

En general, es difícil discutir con los turcos. Pero no hay manera de que una turca entre en razones. Cuando empezaron con el asunto ése del feminismo, se juntaban la Facunda, la Dorita y dos o tres minas más, esposas de amigos de un servidor, y después se venían con planteos, cómo decir, gremiales. Y la Facunda chocha con ser feminista cuando en el Chaco nadie tenía puta idea de lo que era el feminismo. Porque ella tiene posiciones para todo. Yo tengo posición sobre este asunto, dice, y no se calla la boca ni que la estén matando. Y habla con una seguridad que a mí me deja con los ojos así. Como cuando leyó el libro de las mil y una noches y me salió con la teoría de la Sayyidat Nosecuánto, que parece que fue feminista en tiempos del tomate.

A ese cuento me lo sé de memoria: un buen día esa mina se largó a discutir con un rey que opinaba que Dios dio preferencia al varón sobre la hembra, razón por la cual los hombres son dúctiles y fáciles de manejar, la convivencia con ellos resulta agradable, tienen buen carácter y son propensos a ponerse de acuerdo y evitar las discusiones. Buéh. En oposición, la Sayyidat ésta respondía -según la Facunda- algo así como que los reyes, los jefes, los nobles y los grandes señores siempre se rinden ante las mujeres, ya que de ellas depende su placer. Y decía (la Facunda, que decía la Sayyidat) que son más inteligentes, despiertas, lúcidas, brillantes y como todo el mundo sabe hasta de modales más graciosos.

Yo no sé cómo fueron los padres de estas minas turcas, pero tienen más quilombo edípico que la Svetlana Stalin, según leí una vez en el Selecciones. Y sin embargo se comportan como si supieran todo de todo, y hablan con ese estilo lleno de floripondios y palabras difíciles, como les gusta a los que leen muchos libros. Porque la Facunda es intelectual. Ah, sí. Para mí que se contagiaron con la Dorita cuando les dio por el feminismo. Un día en el Regatas, después de cenar, estábamos todos de lo más bien, alrededor de una mesa junto al río, charlando de no sé qué, y de repente la Dorita nos miró fijo a todos los hombres y se largó con la filípica ésa de que el mundo de los varones está lleno de invertidos y fornicadores ambiguos, y que por eso Dios, ensalzado sea, los censura en su Precioso Libro por sus actos abominables.

La Facunda asentía, desde luego, y agregó -se lo iba a perder- que por eso el Profeta dijo que el placer perfecto sólo se encuentra en las mujeres; y que tres cosas amaba en este mundo: las mujeres, los perfumes y el deleite que se obtiene en la oración.

Son cosas de turcos, a ver si entre lo más importante van a estar los perfumes y rezar. Bueno, lo que uno dice turcos, porque ya se sabe que no siempre son gente que vino de Turquía. No sé por qué, pero en la Argentina les decimos turcos a todos los sirios, libaneses, armenios y árabes en general. Y en Resistencia la cosa es más complicada, porque por ejemplo cuando uno dice Cafune nadie sabe de quién se habla porque acá hay millones de Cafune.

Y todos tienen un orgullo de la gran siete por ser árabes. Ah, sí, ellos, como si hubieran nacido en el centro mismo del Paraíso Terrenal. Igual que la Facunda, que para peor además tiene una parte gallega. Por parte de madre: Gómez, pero se cree la gran cosa. Una Borbón, se cree. Siempre tan exagerada en todo. Me acuerdo cuando estaban de moda las rubias en la tele, se tiñó el pelo de un amarillo tan furioso que se vestía de negro y parecía un taxi.

Yo digo que está bien que uno tenga su orgullo, pero no hay que exagerar. Cuando te sale un turco discreto, que a veces salen, a mí me simpatizan enseguida. Porque siempre están de buen humor y no son tan racistas. Eso hay que reconocerlo: son menos racistas que los moishes, que siempre se sienten perseguidos y son todos paranoicos. En cambio los turcos no, los turcos son jodones y sobre todo los Cafune que siempre se están cagando de risa. Nunca en mi vida vi un Cafune triste. Bueno, sí, una vez vi uno completamente desconsolado, pero por causa de la Facunda, desde luego.

Fue el viejo Salomón, el que tiene la panadería en la Ameghino y que fue uno de los que primero vinieron de Siria, hace una punta de años. Y todo porque la Facunda lo provocó. Ella es atea, y aunque le tengo recomendado que no lo ande diciendo por ahí porque a mucha gente le molesta, por supuesto ella ni bola a lo que le digo. Entonces un día va y dice en pleno mostrador que no puede entender cómo la gente inteligente pierde el tiempo rezando.

-¡Bor Alá, sañura! -le dijo Don Salomón, mirando hacia la Meca-, no digue ese cosa... Habrá boca claridá en Escritura, bero bor fabor no niegue berdá dibina.

-Cállese -le dijo la Facunda-. Los creyentes dicen necesitar a Dios para morir en paz, pero en realidad lo necesitan como metafísica para vivir. Esa es la estupidez y el temor de lo que llaman Fe.

-Alá sea loado -el panadero se agarraba la cabeza con las manos-. ¿Y borgué me dice esto a mí?

Y ahí se desbordó la bestia:

-¿Acaso no piensan los musulmanes que el evangelio que Dios reveló al profeta Jesús fue falsificado por sus seguidores? ¿Acaso no creen que el cristianismo fue una burda invención de farsantes y oportunistas, hasta que llegó Mahoma y dictó el Corán, que es considerado única religión verdadera y verdadero espíritu evangélico? ¿Acaso los judíos no consideran que Jesús fue sólo un buen hombre, un bienintencionado pero a la vez un impostor que se hizo pasar por redentor y por eso siguen esperando al Mesías y cuentan los años como el carajo?

-Bor Alá y bor Dios, sañura -dice que intentaba detenerla Don Salomón-. No digue herejía. Y en gué cree osté, si se buede breguntar.

-Creo en el descreer, mi amigo -se autoencantó la Facunda, con ese ego de mierda que tiene-. Creo en la duda y en el análisis. En la metafísica y la conjetura. En la alternativa y la búsqueda. En la hipótesis y las variables. Creo en las ilustres incertidumbres que son la metafísica, como dijo Borges. Y creo en la palabra. Que es raíz, origen, fuerza y destino, en ese orden.

La Facunda es así: quiere siempre tener razón en todo y jamás da el brazo a torcer. Con decir que el otro día estábamos con epidemia de piojos en la casa: los chicos, la abuela, la muchacha, un servidor, todos, todos con piojos. Entonces yo le dije mirá Facunda que vos también has de tener. ¿Y ella qué me dijo? No, lo que yo tengo son liendres pero están muertas.

No se puede, con ella. Ayer mismo estábamos comiendo un puchero de gallina y se largó con que gallinas eran las de antes, que tenían la carne sabrosa, recia y oscura, y no como ahora que vienen pálidas y sosas porque las cagan de sueño en los criaderos, las tienen siempre con la luz prendida y por eso salen estas galli-

nas de plástico, dijo, parecen gallinas a transistores. Y
de ahí derivó a otra posición: que los japoneses habrán
tenido algo que ver porque se la pasan inventando cosas chiquititas.

Ella siempre dice que no hay que hablar por hablar,
sino que hay tener conocimiento y sobre todo mucho
dominio de la lengua. Hay que tener esa vertiginosidad,
dice, esa capacidad de réplica fulminante que tienen,
por ejemplo, los sacerdotes viejos y los actores con oficio, que son capaces de morcillear mejorando un texto
original, ya sea la Biblia o Shakespeare, sea Ibsen, Casona o Vaccarezza. Y todo dicho con absoluta superio-
ridad, desafiante y soberbia. Me tiene podrido con sus
posiciones.

Pero mejor me voy callando porque ahí viene, dicho
sea de paso, y seguro que alguna posición se trae.

Después me va a acusar de que ando hablando pava-
das todo el tiempo. •

México, 1983 / Paso de la Patria, sept. '92.

Para toda la eternidad

Para José Gabriel Ceballos

METIO LA SEGUNDA y entró a la ruta 14 como eno-
jado con el sol reverberante de la tarde correntina.
Rápidamente, nos alejamos del pueblo. La Efe Cien parecía correr hacia el cielo, enmarcada por los dos grandes ríos, cuando Felipe empezó a contarme la historia
del imposible amor de sus padres.

No dejaba de ser una historia triste, cursi como la de
casi todos los encuentros amorosos, pero con el aditam-
mento de la tragedia: el padre de Felipe tenía sólo 34
años cuando murió de un ataque al corazón, mientras
manejaba el tractor de la chacra.

-Mi vieja tenía diez años menos y hacía sólo un año
que estaban casados. Y seguro que se casaron vírgenes,
como se estilaba antes -dijo Felipe, enganchando la tercera en una curva.- Se fueron de luna de miel a Curiti-
ba y volvieron y se instalaron aquí. Ponele que vivieron
algunos meses de felicidad, durante los cuales me en-
cargaron a mí. Todo era perfecto para ellos hasta que el
diablo metió la cola: mi viejo se murió justo dos semanas antes de que yo naciera.

Volvíamos a la estancia. En la casona nos esperaban
los mates de todas las tardes, cebados por la Negra Au-

gusta, la ya anciana nodriza de Felipe, y la visión sobrecogedora del personal y la purretada toda de negro, con ese riguroso luto correntino custodiado por santos y velones por todos lados. Porque la muerte, en Corrientes, no es una mera circunstancia previsible en la vida de cualquiera. La muerte, en esa tierra, es una tragedia siempre renovadamente definitiva que impacta en las familias por todo un novenario de rezos y rituales que desestabilizan hasta el aire.

Doña Blanca había fallecido la semana anterior y todos, en la estancia, estaban apagados, como si el sol no existiera, como si el luto inundara las almas de manera que aun la luminosidad pareciese negra.

Yo había ido a pasar ese fin de semana con mi amigo. Desde que llegara, dos días antes, habíamos charlado y evocado los tiempos de la Facultad, cuando estudiábamos juntos y compartíamos otros rituales: el mate, el asado, la ginebra, las mujeres y la desganada conversación intrascendente.

Me daba cuenta, sin embargo, de que Felipe masticaba alguna bronca. No era desconsuelo; era rabia. El me lo explicó esa tercera tarde cuando la camioneta abandonó la ruta 14 y entró por el camino de tierra que llevaba al casco de la estancia:

-Fue una madre ejemplar, chamigo. A mí me crió a lo macho: a guascazos y en el trabajo y el estudio. Todo muy bien, pero...

Hizo silencio y yo vi que la tristeza le ganaba los ojos. O era esa rabia profunda, o esa idea que ya le daba vueltas en el pensamiento, o las tres cosas.

-De chico no me di cuenta, ¿sabés? Pero el recato de mi vieja se me fue haciendo incomprensible con los años. Porque yo estudiaba en Corrientes y venía a verla todos los fines de semana, y en las vacaciones, ¿te acordás?, y la vi hacerse hembra. La vi caliente y en flor, pero siempre reprimida. Codiciada, la ví, pero virtuosa. Mutiladamente virtuosa, como eran las viudas de antes.

Cuando nos sentamos a tomar los mates que nos esperaban, él se desentendió de no sé qué problema con unos terneros perdidos en un estero de cerca de Virasoro. Yo me mantuve en silencio, y cambié sigilosamente la yerba del mate como para que nada distrajera el monólogo que venía enhebrando Felipe.

-Y me hice hombre, chamigo, y entendí que más allá de mis probables celos de hijo, era ley que mi vieja, que cruzó los treinta hecha una flor, bellísima, porque vos no te imaginás lo linda que era, era ley, digo, que amara a otros hombres y que muchos hombres la amaran... Pero ella, ché, como si se le hubiese muerto la hembritud: todo el día meta rezar, puro ir a la iglesia y someterse a este pueblo de lengualargas e inquisidores, marchitándose igual que margaritas quemadas por el sol.

Encendió un Particulares y soltó el humo como si lo escupiera.

-Y así se le pasó la vida. Y su virtud fue inútil como el ladrido de los perros a la luna, viste. Y ahora va y se me muere a sus todavía jóvenes y agriados cincuenta y cuatro años, chamigo, y esa virtud idiota es lo único que no puedo soportar.

Se puso de pie, Felipe, y caminó hacia la tranquera, a la que había llegado un paisano a caballo. Con el chambergo negro, aludo y de copa chata, típico de los arrieros correntinos, el hombre dijo unas pocas palabras. Después escuchó algo que le dijo Felipe, se atusó el bigote respetuosamente y tiró de las riendas del zaino para darlo vuelta. Se alejó a tranco lento, por el camino que lo había traído, rumbo al pavimento, para el lado del río Uruguay. Felipe volvió, cabizbajo y con el ceño fruncido.

-Pésames -dijo, con amargura, mientras se sentaba en el banquito a mi lado y recibía otro mate.

Yo advertí que la tarde se moría detrás de un eucaliptal.

-Mirá qué lindo se va a poner el crepúsculo -le dije, como para cambiar de tema.

-Lo único que sabe este pueblo es votar sin saber lo que vota, y dar sentidos pésames -dijo Felipe, como si no me hubiera escuchado.

Estuvimos un rato en silencio, mientras el sol se hundía entre los árboles para ponerle más tristeza a la tarde. Me maravilló el espectáculo de ese enorme globo rojo que es tragado por la línea del horizonte, como si en la unión de Tierra y Cielo hubiese una ciénaga implacable que todos los días asesina al día.

Felipe escupió un gargajo blanco que con rara puntería quedó colgado de los alambres del gallinero, varios metros más allá. Y dijo:

-Pero yo, que creo en el amor, antenoche tomé la decisión y con la Negra Augusta vamos a ir el cementerio esta misma noche a poner las cosas en su lugar. Si querés venir...

Asentí con la cabeza y confirmé un por supuesto, aunque no tenía idea de cuál era la idea de Felipe. El me miró como si yo hubiese entendido, y en sus ojos había una mezcla de sorpresa y agradecimiento. O al menos, eso me pareció.

Cenamos unas deliciosas milanesas de anguila (o quizá fueron de víbora, aunque nadie lo admitió) y el infaltable postre de la región: queso con dulce de mamón.

Partimos después del café y de un par de ginebras, tarde, como a las once y media de la noche, que es una hora avanzadísima para las costumbres de esa gente. Todo el mundo dormía, salvo nosotros y la Negra Augusta, que se había puesto unos bombachos viejos, de hombre, y apareció junto a la camioneta con una caja de herramientas y una enorme linterna de camionero.

Cruzamos el pueblo y seguimos, camino a Libres, como unos cinco kilómetros. Felipe estacionó la camioneta junto al portón del cementerio, que era un campito de dos hectáreas perimetradas por una sencilla alambrada de púas. Caminamos hasta que la Negra Augusta se detuvo frente a un par de tumbas, una de mampostería antigua, una reciente.

Los tres nos persignamos, respetuosos, y enseguida Felipe abrió la caja y sacó una llave inglesa y una pinza. La lápida de la tumba de su padre le dio más trabajo, naturalmente, porque los cuatro bulones estaban herrumbrados.

Augusta y yo lo miramos trabajar. El silencio de los tres, y el de la noche toda, sólo quebrado por el ruido de los metales, era abrumador.

Cuando Felipe terminó la tarea y levantó las dos lápidas, con la mujer se ocuparon de destapar ambos cajones. Yo era un mudo -y confieso que espantado- testigo que no hacía nada. Ni ofrecí ni me pidieron intervención alguna.

-Mamá sigue entera -comentó Felipe, en voz baja, como para que sólo la Negra Augusta lo escuchara. Y era cierto, por lo que pude ver. El cadáver, vestido completamente de blanco y con el pelo negro recogido en un rodete todavía impecable, despedía un olor acre, repugnante, que era lo único que desentonaba, curiosamente, en esa noche preciosa, de luna alta y firmamento estrellado y luminoso.

En el otro féretro, puros huesos. Un esqueleto enorme, era, y denotaba que el padre de Felipe había sido un hombre recio, alto, fornido. O eran ideas mías, o todas mis ideas eran simple producto de mi espanto.

Pero lo más impresionante de esa noche inolvidable fue el momento en que Felipe y la mujer alzaron el cadáver de Doña Blanca, que tenía una rigidez de muñeco algo ridícula, pero a la vez frágil. A mí me pareció que ese cuerpo podía quebrarse en el traslado. Pero no sucedió, acaso por la velocidad con que lo colocaron, boca abajo, sobre el esqueleto.

Felipe terminó de acomodarlos y se puso de pie y miró a sus padres, o a lo que quedaba de ellos. Una vez más se agachó para ordenar unos pliegues del vestido de su madre. Esa parte no la vi, no quise mirar más, pero me di cuenta de que Felipe lo que hacía era juntar ambas pelvis.

La Negra Augusta se largó a murmurar un avemaría. Un murmullo como de pájaros roncos.

Felipe cerró los dos cajones, y luego recolocó ambas lápidas. A la luz de la luna pude verle en la cara una incalificable serenidad, y un inmenso alivio.

Cuando salimos del cementerio y trepamos a la camioneta, la Negra Augusta todavía rezaba. Al poner en marcha el motor Felipe miró hacia el cielo, a través del parabrisas, como buscando algo en el firmamento. No sé qué buscaba ni si lo encontró, pero enseguida soltó un suspiro largo y dijo, mientras enfilaba la camioneta hacia la ruta 14, que ahora sí los dejo pelvis contra pelvis, carajo, para que se amen por toda la eternidad. •

Buenos Aires, sept. '91/ Paso de la Patria, sept. '92.

Señor con pollo en la puerta

-CUANDO UNO LLEGA a cierta edad, las preguntas que se hace tienen que ver con el valor. No necesariamente esto significa que uno se pregunte si ha sido un cobarde, pero cuando los recuerdos empiezan a pesar uno tiene la sensación de que no hizo ni la mitad de lo que hubiese querido hacer. Los recuerdos vienen a lo Humphrey Bogart: duros e inflexibles como aceros bien templados, luminosos y azules, que lastiman con su filo la carnadura de todo lo vivido. Cortan la historia como si fuera un pedazo de lomo tratado con un enorme Tramontina. Manteca derretida, espuma de cerveza, loción bronceadora sobre una piel de muchacha calcinándose al sol.

-Pará, Cardozo, pará -dice Rafa-. No se puede contar así.

-No estoy contando. Sólo ejercito una prosa sobre los recuerdos, que tanto en las narraciones como en la vida sirven para saber de dónde viene uno, y adónde va. Pero no a la manera de un simple recuento, un inventario, sino del modo implacable que tienen las sospechas profundas, las aparentes evidencias que uno cree apreciar cuando se siente al borde del precipicio que es la vida inútilmente vivida, insulsamente desarrollada.

-Tá bien, pero suena un poco embrollado.

-A algunos les gusta, eso. La narrativa de afirmación y descripción ha caído en desgracia. Hoy hay que manejarse con lenguaje denso, cripticismo y oscuridad. Hay que apoyarse más en el énfasis poético que en lo argumental. Las tramas parece que perdieron la carrera. Los riesgos temáticos se deben correr más por el lado de los contornos y las ambigüedades. La profundidad conceptual ahora viene de ahí: de la interrelación entre lo estilístico y lo significante. La oralidad literaria no tiene por qué reproducir la oralidad del habla. Está bien. Y sin embargo, lo quiera o no, el autor siempre estará sometido a su historia, su ideología, su capacidad de observación, y las preguntas se le aparecerán en línea como los regimientos de infantería de los viejos tiempos, cuando las guerras se atesoraban en iconografías a lo Cándido López y no en videocassetes. Quiero decir, cuando la imaginación todavía determinaba los temores de la gente y el patriotismo podía tener colores de paleta. Aparecen y se asientan con empecinamiento de mosca, las preguntas, con laboriosidad de abeja.

Sé que ninguna ortodoxia cuentística admitirá este texto, pero la noche que lo inicié yo estaba muy borracho en el Café de la Ciudad (que es como ahora se llama el viejo Bar La Estrella, remodelado y con vajilla nueva, con aire acondicionado y sin japoneses), y enfrente estaba Rafa, igualmente alcoholizado. Rafa es uno de mis más viejos amigos. No sé si lo conocen. Tiene los ojos más astutos que puedan imaginarse, y su mirada es precisa y filosa como un bisturí. Su ironía es capaz de competir -y de ganarle- a la del mejor Soriano. Y tiene una prosa compacta y sólida como una Léxikon 80. Para mí es el más norteamericano de nuestros escritores. Sobre todo porque es el menos interesado en parecerlo, y el que menos alharaca hace. Con Rafa hicimos juntos la comunión, que es una experiencia que une a dos tipos casi tanto como el servicio militar. Después la vida nos llevó por rumbos diversos, pura casualidad que ahora no viene al caso. Y durante los años de plomo cada uno sufrió su calvario, acumuló miedo y resentimiento en su memoria y sobrevivió como pudo. No nos vimos (y ojo que no escribí "dejamos de vernos") durante varios años. Pero siempre supimos el uno del otro.

Sobrevivientes, somos. Aunque él ahora sea, además, un publicista agudo y exitoso que fuma Lucky Strike y es capaz de beber como una docena de beduinos. Y aunque yo sea un novelista del montón.

Por los días de aquella noche yo acababa de terminar una serie de cuentos, los había corregido innumerables veces, y me sentía frustrado porque me quedaban demasiadas historias por contar.

-Algunas carecen de final -le había confesado a Rafa durante la cena, antes de que desembocáramos en el Café de la Ciudad igual que un río acaba en un delta, desordenado y abierto y lleno de furia-. Son argumentos que me parecen atractivos pero que no siempre tienen desenlaces cuentísticos, efectos o ambigüedades. ¿Entendés? Otras son situaciones que ni siquiera llegan a ser historias, o al menos a mí no me parece que puedan alcanzar verdadera entidad de cuentos. Más bien, son saldos y retazos literarios. En todo caso retratos, notas, apuntes.

-Fotos -dijo Rafa-. Las fotografías siempre contienen una narración. Tienen una lectura posible, argumentos implícitos.

Estábamos muy borrachos aquella noche y yo ni imaginaba que alguna vez escribiría estas líneas. En esta tarde no estoy borracho, quede claro, aunque tengo la misma tristeza que los dos teníamos entonces. Borrachera y tristeza son mala junta, se sabe, pero a veces conforman un matrimonio inevitable, de esos que se sostienen con pizcas de felicidad y un enorme y constante desacuerdo. Sus hijos son las evocaciones, las historias que luego se independizan y también las que no cortan el cordón umbilical, como sucede con algunos hijos y algunos padres.

Ya eran casi las cuatro de la mañana y aunque algunos mozos montaban las sillas sobre las mesas, en el fondo del local, nosotros nos sentíamos todavía inesperadamente eufóricos.

-A ver qué te parece este comienzo -anuncié-: "Yo aprendí a bailar con un señor que se llamaba Beremundo Bañuelos".

Rafa me miró con sus ojitos de gato, medio marrones y medio verdes, escondidos tras los lentes redondos de plástico negro, a lo Woody Allen.

-Te acordás -se entusiasmó-. ¡Bañuelos! ¡Juá!

Y los dos nos reímos porque, me parece, era una forma de acordarnos de una ciudad que ya no existía. Típico de borrachos, ponerse evocativos. Sólo nos faltaba ponernos cariñosos y solemnes y jurarnos amistad eterna.

Yo, de Beremundo Bañuelos, me había acordado poco antes, cuando leí esa historia de Pedro Orgambide en la que recuerda que Jacobo Timerman, hace un montón de años, fue un poeta joven y hambriento que firmaba sus poemas con el seudónimo Miguel Graco. Eso me resultó asombroso porque otro de nuestros mejores amigos, en la adolescencia, se llamaba Miguel Graco.

-Y nunca fue poeta ni se puso Jacobo Timerman de seudónimo -bromeó Rafa.

Graco era correntino, trabajaba de visitador médico y estudiaba medicina. Fue con él que empezamos a concurrir a la academia de baile del viejo Beremundo, allá por la Avenida Avalos, cerca del Parque 2 de Febrero. Era la época en que Miguelito afilaba con la Camelia Morgan, antes de que ella se casara con Buby Falcoff y empezara a ponerse vieja prematura a partir de que le dio por sentarse todas las tardes en la vereda para sacarle el cuero a la gente.

-Lo que pasa es que enviudó joven y en lugar de ponerse alegre se volvió más agria, aunque también más sabia -señaló Rafa, apuntándome al pecho con el único dedo en que no usa anillo, que es el índice derecho-. La vez pasada me dijo que lo advirtió el día que se dio cuenta de que estaba arrepentida de no haber tenido nunca un amante. Sin saberlo, acuñó esta frase memorable: lo ideal para una mujer es tener un señor con pollo en la puerta. Porque los maridos, según la Camelia, jamás llegan a casa con un pollo de regalo, pero todas mis amigas cuando sus maridos estaban de viaje tenían un candidato que les traía un pollo al espiedo, un vinito blanco y algunos hasta un champán en heladerita de telgopor. O sea que yo he sido una pelotuda, dijo la Camelia, porque jamás tuve un señor con pollo en la puerta.

-Ahí tenés. Es una lástima que ese cuento no se pueda contar. No alcanza la anécdota.

-La tuya tampoco -replicó Rafa.

-Precisamente: tengo la frase inicial, pero no puedo terminar el cuento.

-Y cómo seguiría.

-Y yo qué sé. Por ahí se me ocurrió inventarle a Don Beremundo una historia aparentemente paralela que le dé fuerza al personaje. Por ejemplo, pensé una cosa con brujas. Meter en algún momento lo que me dijo una gitana en Tucumán, hace una punta de años: que las brujas son mujeres comunes, como cualquier otra, que algunas noches, cuando la lluvia hace determinado sonido antes de parar y luego de haber repiqueteado dos días seguidos, esperan a que termine y entonces salen a hacer fuego y caminan sobre las brasas. Se destrozan los pies, y también las rodillas cuando se prosternan para salmodiar sus extraños rezos. Y después salen volando hacia lo más alto, desde donde ven a la gente a la que le chuparán la sangre. La única manera de detenerlas consiste en colocar un pedazo grande de metal en la puerta de la casa, y unas tijeras abiertas, en forma de cruz, para que no puedan entrar. Luego se rocían semillas de sésamo en el patio y también frente a la puerta de entrada. Otro recurso es esparcir granos de mostaza, pero en cantidades dobles. Es la única manera de atraparlas. Porque las brujas no pueden resistirse cuando ven el ajonjolí o la mostaza; son incapaces de evitar el impulso de recoger los granos. Y como no les alcanza toda la noche para juntarlos, al amanecer se las puede cazar, y sc las quema vivas.

-Interesante -dijo Rafa.

-Sí, pero ahí se me dispara el texto para otro lado.

Y entonces se hizo un silencio, en el que parecía que los dos pensábamos un mismo texto. Hasta que Rafa meneó la cabeza descartando un pensamiento y encendió otro Lucky. Yo llamé al mozo para que nos renovara a mí la ginebra y a él su whisky doble. Siempre lo pide doble y con un vaso aparte, lleno de agua mineral con gas y mucho hielo.

-Yo pienso que a las digresiones literarias hay que hacerles caso -dijo Rafa-. Dejarlas correr. La libertad en la literatura nunca es peligrosa.

-Sí, pero a veces te alejan demasiado del nudo.

-¿Y qué tiene que ver, Cardozo? Mirá si se pudiera escribir esta conversación. ¿De qué se diría que hablamos, eh? ¿De la Camelia y los señores con pollo en la puerta, de Miguelito Graco o del viejo Bañuelos?

-Y, de todo un poco -dije yo-. Charla de mamados.

-¿Y por qué un cuento no puede ser también eso? ¿Una historia que sea una sucesión de historias inconclusas, deshilachadas, que tejen al azar dos idiotas llenos de sonido y de furia? ¿Eh? ¿Quién dijo que no?

Rafa se levantó para ir al baño, y yo lo miré por sobre mi hombro hasta que su figura se perdió tras la pared. Estaba tan gordo, y con un infarto encima, y bebía y fumaba tanto, que me dije que era evidente que el pobre Rafa se había embarcado en un suicidio inapelable. Y entonces me puse a pensar en uno de esos cuentos que yo no sabía terminar, y que era la historia de otro gordo al que llamé Eufemio Maldonado. El personaje era real y muy conocido en la ciudad, aunque tenía otro nombre. Cuarentón, medía uno sesenta y pesaba 130 kilos. Se movilizaba en un Fiat 600 en el que nadie se explicaba cómo cabía. No obstante, tenía fama de mujeriego y en efecto lo era. Seductor, simpático y dicharachero, siempre revoloteaba alrededor de cuanta mujer se le cruzaba en el camino. Una de sus armas de seducción era hablar sobre heráldica y genealogías, cosa que en el Chaco es toda una excentricidad, pero que a él le servía para darse corte diciendo que descendía de unos duques escoceses, y que su verdadero apellido era MacDonado y no Maldonado. El error, desde luego, se debía a que cuando el abuelo Mortimer MacDonado llegó de Edimburgo, los ignorantes de la aduana no supieron escribir el apellido. Yo había tomado todo esto de la realidad, con sólo un cambio de nombre, y había imaginado el resto del cuento.

Lo titulé "Falso escocés" y lo ambienté en la noche de San Juan del año 69. Mi personaje conducía su 600 colorado por la carretera que lleva al aeropuerto, y de pronto se apartaba de la ruta y se metía en un bosquecito para hacerle el amor a la mujer que lo acompañaba. Y en eso estaban cuando súbitamente, y en lo mejor del combate, una hernia de disco lo dejaba al gordo completamente paralizado y con tanta mala suerte que inmovilizaba también a su compañera, aplastada debajo de él. Debieron quedarse así casi toda la noche, hasta que ella alcanzó a patear la bocina del cochecito. Algunos que se detuvieron no pudieron menos que atacarse de risa viendo el enorme y desnudo culo del gordo, prácticamente estampado contra el techo del autito. Un poco por compasión y otro porque de veras había peligro de que el gordo acabara asfixiando a la mujer, algunos comedidos dieron aviso a la policía. El patrullero que llegó hasta ahí minutos más tarde se ocupó de convocar a los bomberos, que debieron trabajar con sopletes y cortafierros para seccionar los parantes del techo del coche a fin de descapotarlo. Todo esto duró hasta el amanecer, y mientras tanto un médico de la Asistencia Pública les tomaba periódicamente la presión, un enfermero le aplicaba una inyección calmante al gordo, y algunos voluntariosos de esos que nunca faltan les ofrecían café con galletitas. Durante las operaciones, la policía caminera debió cortar el tránsito de la ruta porque algún maligno hizo correr la noticia por toda la ciudad, y a las siete de la mañana todo el pueblo estaba en la carretera contemplando la tragedia, excitado por burlas y risas y hasta por las apuestas sobre la identidad de la mujer que el gordo tenía debajo. Antes de que dieran las ocho, los bomberos consiguieron destrabarlo. Semidesnudo y avergonzado, lo trasladaron a una ambulancia. Los que estaban más cerca dijeron que la mujer, mientras rengueaba desacalambrándose junto a la camilla en la que lo llevaban, no dejaba de escupirlo e insultarlo porque no sabía cómo le iba a explicar lo inexplicable a su marido. El final del texto retomaba la primera persona, para que el narrador dijera algo así como nadie espere que ahora, aunque han pasado muchos años, yo dé el nombre de esa mujer, que era muy conocida en la ciudad.

Cuando Rafa regresó del baño y se lo conté, me miró despreciativo y dijo:

-Primero, no me gustan las historias de gordos que siempre quedan en ridículo. Es un tópico vulgar, como el de los tipos que se suicidan, los que retroceden en la narración hasta el día en que nacen, los que trabajan el tema del doble de modo que no se sabe si el otro que está en la habitación soy yo o viceversa, y demás mediocridades. Y en segundo lugar tu cuento es malo, sin vueltas: como narración oral quizá sería graciosa, pero literariamente sólo podría redimirse con un tratamiento en el que lo textual superara por mucho a lo temático. Y si además tuviera un final maravilloso, que no es el caso.

Yo lo miré con rabia. Sabía que tenía razón, pero lo que más me hería era su tono despectivo, ese aire de suficiencia que le sale siempre a los tipos que cuando dicen algo en lo que tienen razón, saben con toda certeza que la tienen.

-Es lo mismo -siguió Rafa- que si pretendiéramos hacer un cuento con el decálogo de Beremundo Bañuelos. No habría manera.

Tuve que reconocer que era cierto. El decálogo para bailar el bolero que alguna vez inventó Don Beremundo carece de sustancia narrativa. No sé si lo conocen, y por si acaso no, permítanme reproducirlo tal como el viejo maestro de baile lo entregaba fotocopiado a cada aspirante a virtuoso de salón. Tenía un subtítulo en bastardillas: *Todos los hombres somos irremediablemente románticos hasta que se pruebe lo contrario:*

Primero: El bolero se debe bailar solamente con la persona amada, o con la que uno tiene entre ojos. No tiene ningún sentido bailarlo con la mamá, el papá, los hermanos, los tíos (salvo excepciones muy especiales). Y no es aconsejable bailarlo con la mujer de un amigo o el marido de una amiga.

Segundo: Se debe buscar siempre un sitio despejado de la pista, carente de aglomeraciones, porque los empujones son fatales para el bolero. Además, es conve-

niente que el caballero sea más alto que la dama. Si éste no fuera el caso, mejor bailar cumbia, guaracha o
cha cha chá.

Tercero: La pareja se para mirándose a los ojos, y el
caballero toma a la dama por la cintura con su brazo
derecho y con la mayor delicadeza. Con la mano izquierda envuelve la mano derecha de la dama, a la altura de su hombro. A su vez la dama apoya su brazo izquierdo sobre el hombro del caballero, mientras su mano derecha, como hemos visto, descansa en la izquierda del caballero. De este modo, ambas manos quedan
como suspendidas en el aire, a un costado de la pareja,
ni demasiado lejos ni demasiado cerca de los cuerpos.
Se entiende que al principio es un contacto muy suave
y cordial, desprovisto de apretones insinuantes, juego
de deditos y demás apresuramientos. Sólo después de
media docena de boleros consecutivos bien bailados
está permitido algún tipo de presión intencional.

Cuarto: Iniciada la música, la pareja dará pasitos a
un mismo ritmo y compás, siempre breves y cortitos,
como para no salir jamás de un pequeño espacio imaginario de cuatro baldosas de veinte por veinte. Al cabo
de varios boleros, el caballero atraerá delicadamente la
cabeza de la dama hasta que se apoye en su hombro.
Por su parte la dama, de manera aparentemente casual
y como al desgaire, comenzará a acariciar sutilmente la
nuca del caballero, al principio con un solo dedito, preferentemente el índice o el medio, jamás el meñique.

Quinto: El bolero se baila siempre con los ojos cerrados. Hay cuatro razones para ello: la necesidad de concentración amoroso-auditiva que se requiere; la ensoña-
ción se logra mejor con los ojos entornados; de ese mo-

do la pareja no se distrae sacando el cuero a las parejas que bailan alrededor; y finalmente porque en el bolero los cuerpos necesitan oscuridad o penumbra, igual que en el amor. Por lo tanto -y es un dogma- bolero que se baila con los ojos abiertos es bolero desperdiciado.

Sexto: La respiración durante el bolero debe siempre ser suave y acompasada. Apenas se admitirán brisitas en la oreja del compañero o compañera, y quedan completamente desautorizados los susurros groseros, murmullos de excitación, expresiones de calentura o comentarios del tipo "ay, mamita, me volvés loco" o "no sabés todo lo que te voy a hacer después".

Séptimo: Puesto que el bolero exige concentración, se recomienda muy especialmente no bailarlo en estado de ebriedad. Y son absolutamente desaconsejables vulgaridades como cantar la letra, tararear la música o tener un pucho en la mano. Ni se diga lo espantoso que resulta bailar un bolero mascando chicle.

Octavo: Es de horrible mal gusto que el caballero, durante el bolero, se entusiasme al punto de que sus pantalones, a cierta altura, parezcan carpa de circo. En tales casos invitará a la dama a sentarse un ratito y tomar algo fresco. Si no lo hiciere, será la dama quien sugiera la momentánea separación.

Noveno: Cuando el bolero termina, según las circunstancias de lugar y tiempo, es conveniente no separar los cuerpos. La pareja se quedará quieta, en actitud expectante, dispuesta a reiniciar el baile con el próximo tema. Está muy mal visto -aunque suele ser inevitable- quedarse de pie uno frente al otro, separados los cuerpos, tomados de las manitos y contemplándose con ojos de vaca que mira un tren.

Décimo: Al cabo de una larga noche de muchos boleros bien bailados, toda propuesta estará permitida porque el imaginario personal de cada uno ya estará suficientemente incentivado. Sólo entonces se podrá cambiar de escenario. Es decir, cuando la dama y el caballero estén listos para "ver el otro lado de la luna".

-Buenísimo -sonrió Rafa cuando terminé de recordarlo-. ¿Pero me podés decir qué cuento hacés con eso?

-Ya sé: ninguno -bebí un trago-. Yo en tu lugar insistiría con lo del señor con pollo en la puerta. Es muy bueno, eso.

-Vos porque todo lo que dice la Camelia te encanta, Cardozo.

-Y bueno, uno no puede vivir sustrayéndose de la realidad. Si no, qué literatura sale. Y además, con el marido que tuvo.

Y los dos sonreímos, enternecidos como madres.

Buby Falcoff bailaba maravillosamente el bolero, por cierto. Fue lo que se dice un típico loco lindo, de esos que siempre hay en todos los pueblos. Un irresponsable total que hasta cuando estuvo preso, en el 63, después de azules y colorados y antes de la elección del viejo Illia, montó una academia de baile en la mismísima Policía Federal. Una noche pidió que autorizaran la visita de Miguelito Graco y dos amigas. No sé cómo hizo pero lo consiguió. Miguel llevó un Winco y unos discos y entre mates, tangos y boleros aquello terminó en milonga, porque las chicas eran nada menos que las partenaires de Don Beremundo en los carnavales del Prado Asturiano. Ellas mismas sacaron a bailar a los canas, empezando por el oficial principal. Y ya se sabe: si un botón o milico con grado hace algo, por ley del gallinero los de más abajo también. Todo había sido organizado por Buby para que los canas estuvieran contentos y lo dejaran recibir a la Camelia de noche. Así podía dormir con ella porque andaba muy caliente pero sobre todo muerto de celos. Fue tan grandioso el espíritu que le inculcó a los policías que a la final parecían cubanos por lo rumberos: uno los veía y era como que caminaban distinto, más blanditos, plásticos diríamos. Buby se los puso a todos en el bolsillo, les enseñó política, les adelantó la proscripción del peronismo y el triunfo de los radicales, y en su último mes de cana hasta conseguía que lo llevaran en un patrullero a su propia casa, ya que la Camelia no quería pasar más noches en la Federal porque se ponía nerviosa y no podía fifar con tanto cana alrededor.

-De todos modos es asunto discutible -desdeñó Rafa-. Uno no debe sustraerse a la realidad, muy bien, pero tampoco sucumbir ante ella.

-Ni tampoco echar a perder todo el anecdotario que uno vino juntando, viejo. Después de todo si el territorio común de los escritores es la palabra, el domicilio privado es lo que cada uno leyó y sobre todo lo que vivió y observó.

-Y sí, pero cuando lo que viste y viviste son anécdotas menores, no hay nada que hacerle. La realidad, en literatura, nunca te salva.

Suspiró largo, Rafa, y movió el índice sin anillo sobre su vaso y el mío, como un péndulo horizontal con el que me preguntaba si repetíamos, cosa que obviamente hicimos. Esperamos en silencio la renovación de los tragos, y entonces yo, que me había quedado enganchado con el personaje, le pregunté:

-¿Te acordás cuando Buby pedía que alguno escribiera la historia de Pringles?

-¿A vos también, che?

-Y claro. Muchas veces lo visité en su rancho de Tirol, y siempre, cuando recrudecían los ruidos de la selva y se agotaba la conversación como se agotan el mate o el whisky, Buby me pedía que la escribiera.

-Lo estoy escuchando: "El coronel Martín Pringles, que acompañó al general San Martín a Chile y al Perú, fue un romántico enamorado de la patria..." Buen comienzo, ¿eh? ¿Sabías que había sido alumno del Colegio Militar y que de ahí le quedó esa cosa solemne de los milicos? Aunque lo expulsaron enseguida por mala conducta, lo cual era uno de sus dos orgullos. El otro era que gracias a eso había conocido a la Camelia... ¿Intentaste escribir ese cuento, alguna vez?

-Un montón, pero es otro de mis textos fallidos. Y no sé por qué no me sale, porque lo atractivo no es sólo el carácter del personaje; también tiene sustancia el episodio. ¿Te acordás? Sucedió en el Perú, cerca de Lima, donde le encomendaron la misión de defender un pequeño pueblo a la orilla del mar, al mando de un batallón de sólo doce hombres. Una aciaga mañana fue rodeado por nutridas tropas realistas. Enseguida comprendió que no podrían resistir mucho tiempo pero ofreció recio combate, de todos modos, hasta que debieron replegarse hacia la playa. Allí fueron acorralados y cuando fue intimado a capitular, Pringles le gritó a los españoles aquella frase que a Buby tanto lo emocionaba evocar: "¡No me rindo nada, carajo! ¡Un patriota no se rinde!" Y entonces, viéndose perdido, ordenó a los cinco hombres que le quedaban: "¡Soldados! ¡Cargar al mar!". Una belleza, te das cuenta, pero cómo la escribís... Entonces vemos que los seis jinetes vuelven las grupas de sus caballos y se internan en el océano: prefieren morir ahogados antes que rendirse... Y cuando ya los caballos nadan, y desde la costa se ven como seis conjuntos desesperados y altivos encarando a la muerte, los españoles, admirados, les gritan que los valientes no deben morir de ese modo. Grandioso. El jefe realista ordena levantar el cerco sobre el pequeño puerto, y son sus tropas las que se retiran, abandonando el combate.

-Una preciosura.

-Hasta la Camelia, cuando enviudó, me pidió que lo escribiera. Me advirtió que no iba a faltar el historiador capaz de reconvenirme sobre inexactitudes del episodio; pero nadie podrá decir, dijo, que aunque careciera de asidero histórico la de Buby no era una imaginación por lo menos bella y poética.

-Lástima que tuvo que morirse sin que nadie le escribiera ese cuento.

Y nos quedamos un rato silenciosos, los dos. Como si en ese momento hubiera entrado al Café de la Ciudad el alma errante de Buby Falcoff.

Eramos los últimos parroquianos, pero no iban a echarnos porque ya le habíamos gritado a la patrona que en los tiempos en que ese lugar se llamaba La Estrella las puertas nunca se cerraban. Los japoneses eran capaces de baldear el piso entre las piernas de los clientes, o apartando a un costado a los borrachos.

-El problema de la narrativa argentina -teorizó Rafa, renovado el combustible- es que se están dejando de contar historias. Se abusa de lo privado, que suele emerger en forma de pura mordacidad destructiva. El narcisismo, la envidia, el rencor, son enfermedades comunes en este gremio. Pareciera que hemos extraviado la capacidad de reírnos de nosotros mismos, y preferimos reírnos de los demás, que es innoble y cruel. Y ahí se corre el riesgo de caer en la mala inteligencia del humorismo privado, los *private jokes* de que hablaba Eliot: chistes que sólo entienden el que los hace y sus tres o cuatro amigos. Así que tendrás que buscarle la vuelta, pero nunca parés de contar.

-Pero las historias que pierdo las pierdo porque no siempre tienen final. Final literario.

-No importa. Una buena historia se sostiene igual, por el nudo del relato. Si tiene jugo y sabés exprimirlo, y conseguís que el lector esté prendido como bebé a la teta, qué importa el final. Por ejemplo, yo estoy trabajando un cuento con un personaje que se llama Toni Zamudio, al que unos días antes de navidad lo hacen ir desde el Chaco a Buenos Aires, de urgencia, por un asunto de familia. Se moría la abuela, algo así. Esto pasa durante la guerra y Toni se larga en coche, como loco. En aquel entonces ese viaje podía durar tres o cuatro días porque las lluvias anegaban los caminos. Y llueve a cántaros, claro, varios días. Tras muchas peripecias él llega igual, justo antes de la nochebuena, como a las once. Pero resulta que no hay nadie en la casa y cuando quiere entrar -porque tiene llave- el perro no lo reconoce y lo ataca y lo hiere. Nadie lo asiste, van a dar las doce, y Toni, cansado de manejar, se derrumba en el umbral y se mira el mordisco en la rodilla mientras piensa perro de mierda cómo es posible si yo mis-

175

mo lo crié. Y entonces se da cuenta de que evidentemente justo ese mes se ha muerto el Pucho y han cambiado de perro. Y aunque lo llamaron de urgencia se han ido todos a velar a la abuela, o, en caso contrario, están todos en casa de amigos porque justo la abuela se ha sentido mejor. Toni pasa la noche afuera, escuchando los cuetes de todo el mundo, bajo la lluvia, meditando sobre la vida y la muerte como un personaje de Shakespeare. ¿Cómo termino esa historia, según vos?

-La dejás ahí -arriesgué yo.

-Exactamente -sonrió Rafa y se mandó un trago, satisfecho como un ministro.

-Pero ése no es mi caso. Será que mi imaginación es más chata, o que a mis personajes los recorto demasiado. Tengo a Doña Fanny Shaposnik en otro cuento, pero no lo puedo terminar porque la anécdota es trivial: cómo hacen las viejas judías para hacer amigas.

-Cómo hacen.

-La Fanny dice, en un momento: Usté va a tejer al club, y si no tiene club va a una plaza. Lleva la bolsa con su tejido y busca sentarse al lado de otras señoras. Se pone a tejer en silencio y enseguida suspira profundo y largo y dice "aaaaay, cómo me duelen los pies"... Va a ver, querida, que a alguna de ellas también le duelen los pies y entonces ya tienen tema de conversación: de los pies se pasa a lo que está tejiendo, del tejido a lo cara que está la vida, de la carestía a los hijos, de los hijos a las nueras, y al final acaban hablando de los maridos muertos que nos dejaron solas. No tiene falla, querida: así una siempre se hace de amigas.

Rafa me miró por sobre el vaso, alzando las cejas. Yo sabía que el asunto era débil. Era todo tan real como él y yo, ahí, bebiendo, y como la noche absoluta que nos enmarcaba, afuera, del otro lado de las ventanas. Pero no alcanzaba. La literatura era otra cosa y yo lo sabía.

-Tengo algo más -agregué, sin mucha convicción-. El hermano de Fanny, que se llama tío Iósele, un día tuvo un insignificante accidente: se estaba afeitando, y se cortó un dedo con la yilét. Entonces le pidió a la Fanny que le echara alcohol sobre la herida, para lo cual ambos se ubicaron sobre el inodoro para que allí cayera el alcohol sobrante. Luego, el tío Iósele, ya vendado su dedo, se instaló en el retrete para aliviar sus intestinos, operación durante la cual decidió fumar un cigarrillo, que encendió con un fósforo que echó, aún encendido, en el inodoro. La llamarada le afectó, literalmente, las partes más sensibles, de modo que con un aullido espantoso saltó lo más alto que pudo, con tan mala fortuna que estrelló su cabeza contra el depósito de agua, y cayó desmayado mientras Fanny intentaba vanamente detenerle la sangre que le brotaba por todo el cuero cabelludo, y la Rebequita pedía una ambulancia. Lo acostaron en una camilla y dos enfermeros lo bajaron por la escalera, pero la pendiente del viejo edificio era tan pronunciada que el tío Iósele, que seguía desvanecido, se deslizó de la camilla y se rompió una pierna al aterrizar en la planta baja. Llegó al hospital hecho una ruina, y todavía hoy la Rebequita siente culpa porque no puede evitar reirse al contar todo lo que le pasó al tío Iósele por un simple tajito con yilét.

-Eso está difícil, Cardocito. Es la típica anécdota simpática pero sin vocación de cuento. Suena a retrato de personaje, a semblanza. Le faltaría lo que constituye la médula de un cuento: llamémoslo esencia dramática o algo así. A mí me pasa algo parecido con Roberto Portales, te acordarás de él. Hace treinta años era el marxista del pueblo. Un tierno total, un romántico inofensivo, para colmo poeta pero mediocre. Se acabó el estalinismo, Roberto cumplió cincuenta años, pero seguía con el mismo discurso imbécil y sus citas descolgadas del Manifiesto Comunista. Aunque nunca se afilió al partido porque decía que era una cueva de menches y además le parecía indignante que el secretario general del comité central de la provincia tuviera dos sirvientas y pileta de natación en el fondo de la casa. Lo cual era cierto y no hacía otra cosa que certificar una de las formas de la desgracia: haber nacido rico y tener buenas intenciones. Con este personaje yo tampoco puedo hacer un cuento. No alcanza, ¿entendés?

-Lo mismo pasaría con el peluquero Ramos -dije, y Rafa se rió.

-Ramos, ahí tenés -acordó cabeceando con énfasis-. Le decían Callorda por los pies planos y su andar de pato; recitaba poemas berretas que él mismo inventaba, dedicados a la plaza de cada pueblo del interior adonde iba a cantar con las orquestas típicas; se la pasaba contando chismes porque se sabía vida y milagros de toda la provincia. ¿Y qué hacemos con eso? O el Ruso Miederevsky, al que llamaban Mierdesky y era una injusticia porque era un buen tipo mientras no hicieras negocios con él. También le decían El Manos pero no porque hiciera trucos sino porque tenía los dedos tan grandes que parecían manojos de porongas, como un día definió la bestia de Turpino. O el mismo Turpino, tan macho y celoso que el día que se peleó con su amante, la Pocha Núñez, a ochenta por hora estiró la mano,

178

abrió la puerta y la tiró de la camioneta. O mi tía Dalia, tan fea, pobre, que tenía la verruga más grande del mundo en el cachete derecho: como si le hubiesen pegado una remolacha en la mejilla. Son personajes de coro, fijate; nunca tendrán fuerza propia para sostener un cuento. Quizá porque han sido tan grises en la vida real que la grisura los alcanzaría también en un cuento.

-Vez pasada leí que en el año 30, cuando el golpe contra Yrigoyen, casi no hubo oposición pero fue precisamente en el Chaco donde "El Territorio" publicó al día siguiente la única proclama exhortando a la ciudadanía a desconocer al gobierno de facto. Eso significó la clausura del diario y el destierro de su director. Ahí sí podría haber un cuento.

-Claro, ¿ves? -se entusiasmó, acabando el whisky de un sorbo-. Porque ahí hay un argumento posible, que trasciende las limitaciones de los personajes. Se podría trabajar el miedo, por ejemplo. Ese miedo que volvimos a ver tantas veces. Ese miedo argentino: sutil, disimulado, que nunca se muestra pero que está debajo de la piel, en la parte de atrás de los ojos.

-El miedo, como la venganza, son excelentes materiales.

-O la desdicha, como sugería Borges. Te habrás fijado que en los cuentos de Borges la desdicha es protagonista constante.

-En toda la literatura, Rafa. Hacer literatura sobre la felicidad sería una estupidez. Inevitablemente se bordearía lo cursi, lo kistch, lo vulgar.

-Pavada de materiales. Habría que preguntarse si nadie trabaja esa línea por lo que vos decís, o si por falta de coraje para atreverse -hizo silencio, como buscando nombres en su memoria-. Momentito -dijo, y nuevamente se levantó para ir al baño.

Hice una seña a uno de los mozos, haciéndole saber que volveríamos, y fui detrás de Rafa.

Nos ubicamos cada uno ante un mingitorio, concentrados en nuestras respectivas tareas. Observé que él tardaba un buen rato y luego orinaba cortito y sin fuerza, como los enfermos de próstata.

-¿Algo anda mal, Rafa?

-Todo bien. Son los años, nomás -carraspeó-. Pero me quedé pensando. Nalé, Saki, Carroll, Swift, por decir algunos, no se podría decir que escribieron sobre la desdicha. ¿No?

-Bueno, a su manera trabajaron el miedo, la venganza. La parodia siempre es una forma de la venganza.

-También es una vulgarización de la alegría. Pensemos en Moliere, o mejor en Rabelais.

-A mí me gustaría escribir una serie de venganzas -dije, mientras volvíamos a la mesa donde nos esperaban dos vasos recién repuestos, uno blanco y otro dorado, rebosantes de hielo nuevo-. Tengo algunas ideas, pero me sigue faltando eso que llamás esencia dramática.

-Veamos -propuso agarrando su vaso con las dos manos, y colocándose en una actitud parecida a la de esos profesores de secundaria que están hartos de tomar exámenes pero lo disimulan bien y ponen cara de estar interesadísimos por la exposición del alumno.

-Una venganza ejemplar es la del Cinco Diez. Es el hijo de Don Juan Diez y le dicen Cinco porque se llama Juan Segundo. La tercera vez que su viejo le pega con la hebilla del cinturón queda tan herido en su orgullo que esa misma noche roba de entre las ropas de su padre un pañuelo, y lo lleva a un quilombo de Villa San Martín donde una de las muchachas escribe, a cambio de una módica suma, una carta dirigida al viejo Diez. En la misiva la muchacha lo llamaba confianzudamente "Cholo" (como sus íntimos), e historia el día del primer encuentro tres años atrás, la pasión que los ha unido, y hasta menciona incidentalmente un lunar que Don Juan tiene en la entrepierna. Afirma que lo amará eternamente pero le advierte que ya no está dispuesta a seguir pasándole el dinero de su trabajo. Le dice que es mejor que no vuelvan a verse, y por eso le envía el pañuelo que se olvidó la última tarde que pasaron juntos. Acto seguido, el Cinco mancha de rouge el pañuelo con las iniciales "JD" bordadas en una esquina, y mete todo en una cajita que despacha, por correo certificado, desde la sucursal de Villa San Martín.

-Humm... -frunció el ceño, Rafa, desdeñoso-. Es una típica historia que seguramente sucedió en la vida real, pero que es muy difícil cuentificar, si me permitís el término.

-Pero no es real, es inventada.

-De todos modos, andá hacé con eso un cuento que valga la pena...

-¿Será el problema de la venganza, esquematizada literariamente, Rafa? Aquí te va otra: ¿te acordás del cura Antonio Spilinga, que supo estar a cargo de la parroquia de San Javier? Bueno, un día -y a esto yo lo vi- le pegó un tremendo sopapo a Hugo Dioménica después de gritarle que era un degenerado porque lo encontró masturbándose en el baño del colegio. Hugo, un adolescente

rencoroso y rebelde, de esos que hoy se llaman chico-
problema y que era capaz de las peores maldades, orga-
nizó así su venganza: le pidió al Trucha Gómez que ro-
bara un formulario de resultados de análisis clínicos del
laboratorio de su padre, el bioquímico. Y unos días después mandó al obispado, anónimamente, la copia de
unos análisis de orina efectuados a Don Antonio Spilinga, según los cuales se confirmaba que el paciente su-
fría de un chancro sifilítico en estado peligrosamente
avanzado y con perspectivas de volverse crónico si no
disminuía su actividad sexual indiscriminada.

-Ché, pero esos parecen cuentos de Landriscina, de-
játe de joder -se irritó Rafa-. No se te va a ocurrir hacer
literatura con eso, ¿no?

-¿Por qué no? Si querés seguimos discutiendo problemas formales, o problemas de tono, de aproxima-
ción, de discurso. Pero ni vos ni nadie tiene derecho a
invalidarle un argumento a nadie.

-Está bien, pero convengamos en que para ciertos
argumentos se necesita un largo desarrollo, en el que lo
noble es lo textual y no el argumento. Hay anécdotas
que se pueden resolver al toque, a pura precisión y síntesis. Miralo a Monterroso. Pero hay otras en las que se
requiere un nudo más sofisticado, parsimonioso, para
que el clacisismo de gancho, nudo y desenlace enaltez-
ca a la historia por insignificante que sea. Acordate de
algunos cuentos de Costantini, por ejemplo. O de Kat-
herine Mansfield o de Salinger.

-O de Carver, que ahora está de moda.

-Bueno, pero los que hacen la moda son chicos que
han leído muy poco. Creen que la literatura empieza a
partir de los libros que leyeron ellos. Tantas veces

crean ídolos desde su propia ignorancia, que asusta. Acordate cuando todos se volvían locos con Kennedy Toole, por ejemplo. O con Irving, e incluso con Kundera. Todavía no se dieron cuenta de que esos tipos hicieron literatura latinoamericana un poco tarde, pero con buen marketing. Sonará fuerte, pero le deben más a García Márquez que a sus propias tradiciones.

-A mí más bien me parece que tienen a Borges en la oreja, susurrándoles estilo. Le pasa a muchos.

-Y sin embargo los chicos porteños, que a lo mejor no leyeron ni a Arlt ni a Moyano ni a Filloy, y que seguramente desdeñan a Soriano por envidia, son capaces de fascinarse con los Kennedy Toole por pura colonización mental.

-Los argentinos, siempre, campeones morales, ¿no? Vamos, Rafa...

-En cierto modo. Es triste, pero es así. Acá se puede respetar a tipos como Morris West, Stephen King, Hadley Chase o incluso Corín Tellado. Pero si cualquiera de ellos hubiera sido argentino, lo habrían hecho papilla.

Rafa iba ya por no sé qué número de Lucky. Cuando se siente a gusto y le parece que le funciona la ironía, se pone exultante, ácido, y empieza a funcionar como si en la panza le bailara una convención de viajantes de juguetería.

-Lo importante es que hay que contar como se camina, viejo: pasito a paso. Y cada historia tiene e impone su *tempo,* su modo de avance, su parsimonia o su vértigo. Pasa como en el amor: no hay reglas y las reglas se establecen para cada caso. Y siendo inamovibles, su evolución depende siempre de la movilidad. ¿Vos escribiste algún cuento de amor?

Sorbí un largo y lento trago de ginebra, mientras él encendía otro Lucky con el pucho del que aún no terminaba de fumar.

-Tengo varios en carpeta -confesé-. También pertenecen a la generación de textos frustrados de que te hablaba. Evidentemente no tengo talento: siempre patino para el lado de lo cursi y naufrago en la mediocridad. Que es lo peor que le puede pasar a un cuento.

-Claro, porque si un cuento es malo, va a la basura sin contemplaciones. Pero si es mediocre y tiene destellos interesantes, te jode la vida porque no sabés qué hacer con él.

-Tal cual.

-Pero nosotros vivimos en una sociedad muy interesante en esta materia, Cardozo. El amor en Resistencia siempre fue una cosa más bien furtiva, pecaminosa. Pacaterías de pueblo, dirás vos, y yo convengo con ello. Pero no me podés negar que el amor, aquí, tiene posibilidades literarias infinitas.

-Aquí y en cualquier parte, Rafa.

-Por supuesto, pero yo me refiero a las posibilidades de universalidad que tiene el material que conozco. O que me permite invenciones con mi propio color local. Ahora mismo estoy escribiendo una historia: es una mina mucho más mina que el común. Es más rebelde que Túpac Amarú, tiene el humor de un jíbaro y la decisión de la caballería sanmartiniana. No es para nada una transgresora, como actualmente está de moda decir. Nada de eso; esta mujer tiene una imaginación completamente calvinista, y encima es linda como un sueño eterno. Por lo tanto, corresponde que la llamemos Gloria. Las habladurías sobre ella empiezan prácticamente el día en que nace, pero arrecian cuando se separa del marido y es público y notorio que está viviendo lo que yo llamo el triple síndrome de la mujer separada: se cambia el peinado; baja la abertura de sus blusas hasta el botón del seno; y adelgaza cinco kilos. Típico. Un día conoce a José Antonio Buruburu, que por supuesto no es el apellido pero dejémoslo así. José Antonio es de esa clase de tipo maduro y bien vivido, entrador y simpático, que el mismo día que la conoce consigue su teléfono y la llama y le dice que no tiene ninguna excusa más que lo mucho que gusta de ella, y que no piensa perder tiempo echándole ningún rollo ni parar hasta conquistarla. Gloria, halagada y curiosa, acepta la invitación a cenar. Y en medio del primer plato José Antonio se despacha contándole cómo fue la última vez que le hizo el amor a una mujer a la que había amado mucho. Dice que a ella le encantaba que él le chupara la vagina durante por lo menos media hora -y lo narra todo muy decente, muy cuidadoso de las palabras, sin ninguna grosería- hasta que sucede lo imprevisto. Gloria -que es la narradora- le dice al lector que se imaginará usted cómo estaba yo: mi cabeza era como esos bolilleros de la Lotería Nacional: tenía todas las bolitas dando vueltas, enloquecidas. ¿Pero qué fue lo imprevisto?, se pregunta. Y José Antonio: que empezó a hacerlo suavecito, tierna, lentamente, hasta que ella se quedó dormida y él se dio cuenta porque ella empezó a roncar. Y eso le dio tanta rabia que le encajó un mordiscón y se levantó, se vistió, se fue y nunca más la volvió a ver. Claro, ante eso Gloria se pregunta con el lector: ¿Y éste por qué me cuenta esta historia? ¿Me quiere impresionar o qué? Y entonces inventa de

retruco: "Qué casualidad, a mí me pasó algo similar". Y
le cuenta de un tipo al que había amado mucho y a
quien le encantaba que ella se la chupara y la última
vez, mientras se lo hacía suavecito, tierna, lentamente,
él se quedó dormido y empezó a roncar, y entonces...

-Disculpame, Rafa, pero ahí no hay ningún cuento
de amor. Yo creo que deberías escribir eso de la Camelia y su nostalgia de un señor con pollo en la puerta,
que simbolizaría por lo menos la nostalgia del amor.

-Vos querrás decir que en el sentido convencional,
no hay amor. Pero...

-Ni en ningún sentido -lo interrumpí, poniéndome de
pie, ahora yo un poco irritado-. Pedite unos sángüiches:
un lomo, un tostado mixto, algo de eso y luego la seguimos. Pero te adelanto que, para mí, de amor vos no sabés un carajo.

Fui al baño y oriné cortito yo también, y de regreso pa-
sé por la caja y le pedí dos aspirinas a la patrona, que
leía un Para Tí como ustedes leerían El Tesoro de la Juventud a las cinco de la mañana.

-Los cuentos de amor son irremediablemente cursis -
me abarajó Rafa, mientras volvía a sentarme y empezaba a comer un Académico-. La buena literatura carece
de cuentos de amor. ¿O me vas a decir que los de Bioy
son de amor? ¿O los de Cortázar, Rulfo, Borges? A ver:
decime un tipo que haya escrito un cuento de amor.

-Hay uno memorable de Mario de Andrade -defendí-
. Recuerdo otro de Julio Ramón Ribeyro. Y hay un
montón de Abelardo Castillo, los hay de Tununa Mer-
cado, Martha Mercader, Carlos Fuentes, Donoso...
¿Qué estás diciendo, Rafa?

-Lo que sostengo es que hay desarrollos de puntos de vista diversos *sobre* el amor. Hay acercamientos románticos o trágicos, hay teorizaciones, exposiciones situacionales, hay desencuentros y erotismo, pero amor... Una historia *de* amor... Vamos...

-A ver ésta que te parece -desafié, quitándome unas migas del bigote-: y partamos de una realidad que los dos conocemos. Narra una primera voz femenina, que enseguida reconocerás, y dice: A mí me costó aprender que una no debe meterse con un tarado, así porque sí. Porque estas cuestiones, en Resistencia siempre toman estado público y una queda expuesta como maniquí en vidriera. A mi relación con el Polaco la conoció todo el mundo, y nadie se privó de opinar. Yo era piba, pero me marcó para toda la vida. Una no debería ensartarse con tipos como el Polaco. Pero yo me fui a meter como una idiota, de taradita que era. Me decía a mí misma, eso. Siempre. Durante años. Taradita, me decía. Loca delirada, y me reía pero me daba una bronca.

-Cristina Suárez -dijo Rafa-. No puede ser otra si el asunto es con el Polaco Kalchuk. Pero otra vez vas a caer en la oralidad, Cardozo. No es posible hacer literatura con solamente eso.

-La mina sigue -seguí yo, sin hacerle caso-: Un desequilibrado, el Polaco. Porque un tipo equilibrado es uno al que si un amigo le dice ché, tu mujer es una amante excepcional, él se ríe y lo toma a broma. Y si el otro insiste no, mirá, no es broma, te lo digo en serio, ella y yo somos amantes desde hace tiempo y alguna vez tenía que decírtelo, el tipo se pone serio pero no engrana. Se comporta como un duque, piensa aquí no tengo nada que hacer y se retira. Un duque. Sangrando por dentro pero enterito por fuera. Como Rex Harrison en "El Rolls Royce amarillo": Rex se asoma a la ventanilla del coche, la ve a ella besándose con otro, y simplemente baja los párpados, traga saliva y se va de su vida. Como un duque. Y a lo sumo una puede suponer que si no lo soporta, va y se suicida, y seguramente sin que nadie se entere, sin sangre ni alharaca. Pero el Polaco duque no era. Cuando el que después fue mi marido lo agarró y le dijo de frente que andaba conmigo, y le dijo que ya me había besado y que íbamos a ser novios, ahí se vio clarito que duque no era. Porque vio todo rojo y con un impulso irreprimible como el de una manifestación popular por la muerte de un niño a manos de la policía, le saltó al cuello y empezó a estrangularlo hasta que lo separaron unos amigos. Después vino a casa hecho una tromba y me agarró y me dijo que yo era una puta reputa y recontraputa (porque el Polaco no tenía un vocabulario muy variado que digamos) y me dio un sopapo y enseguida se largó a llorar. Y como yo lo miré con el mismo desprecio con que se mira a un nazi confeso, él se dio cuenta en el acto de lo bestia que había sido, y atormentado se subió al cochecito que tenía -un Morris de los años treinta- y se lanzó a toda velocidad hasta Barranqueras. Y cuando llegó al puerto, no se le ocurrió mejor cosa que meterse en la explanada de la balsa cuando no estaba la balsa, claro, y cayó al río como en un suicidio cinematográfico. Pero con tanta mala suerte (porque hasta mala suerte tenía, el Polaco) que justo el río estaba tan bajo que en vez de suicidio cometió el peor de los ridículos porque el autito se empantanó a los pocos metros y como no sabía nadar tuvieron que ir los bomberos a sacarlo.

Hice silencio porque ahí terminaba la historia. Yo no sabía cómo terminarla literariamente, porque en la vida real lo que pasó fue que tiempo después cada uno se casó por su lado y eso fue todo. Generalmente la vida real plantea situaciones que son literariamente engañosas, porque parecen materiales extraordinarios pero es como si el tiempo y la misma realidad luego los diluyeran. Rafa me miró esperando qué final yo habría sido capaz de imaginar. Pero yo estaba vacío como un forro usado, con apenas gotitas de ideas, así que sorbió un trago y adhirió a mi silencio. Y después de un rato, cuando ya empezaba a amanecer (o al menos fue cuando yo me di cuenta de que empezaba a amanecer), comentó:

-No hay caso, no hay cuento de amor posible. Aunque encontráramos la manera de escribir ese cuento, no sería una historia de amor. Podríamos calificarla de desencuentro. Hacer el cuento de un celoso. Probar el punto de vista femenino. Lo que quieras. ¿Pero cuento *de amor*? Solamente si el texto contuviera amor. Un epistolario, por ejemplo. O un diario íntimo, con una historia día por día. Y preferentemente debería ser un diario femenino porque el amor y el odio son, para ellas, cuestiones fundamentales. De vida o muerte. Mucho más que para nosotros. En el amor y en el odio son tremendas, las mujeres. No sé si en todas partes, pero aquí, seguro. Es lo que yo quisiera significar en algún cuento. Pero ya abandoné. Forfáit. Grogui. Out.

No me di por vencido. Dije:

-Yo conocí una mina que una vez me dijo que cada encuentro amoroso debía ser como un sábado soleado de otoño y sin labores pendientes. Es posible inventar todo, entonces; cualquier idea es realizable. Si se está enamorado todo suena como un afiatado quinteto de cuerdas, como en los solos *a quatre* del Réquiem de Mozart para tenor, barítono, soprano y contralto, que son muy pocos pero son perfectos. ¿Te gusta eso, Rafa? Esa mina decía que cada encuentro es un desafío a la perfección del amor, si tal cosa es superar los abismos, tender los puentes necesarios.

-Esa fue la flaca Ilse Soderberg. A mí me dijo lo mismo.

Lo miré, furioso.

-Y no te fastidies, viejo, pero si vas a contar, contá, qué tanto rodeo. El cuento es una flecha que debe dar en el blanco, dijo no sé quién. Cosa que la Ilse jamás aprendió.

-El amor es un largo puente que va de ninguna parte a cualquier otra; es suficiente con saber que del otro lado alguien te espera. Entonces uno siente que no caerá al abismo y asume la responsabilidad de resistir, de ser fuerte porque el otro te necesita. Claro que también puede tornarse inseguro y débil (acaso juguetonamente, esa manera de la seducción) y dejarse llevar por la molicie y el ablandamiento, porque uno sabe que el otro soporta, el otro resiste. El amor es un juego de cuerdas que se tensan, pero armónicamente: como jugar a la gata parida, juego en el que una vez tiramos hacia acá, otra hacia allá, ajustamos aquí, aflojamos acullá, y siempre la cuerda resiste y cuando ya no resiste se acaba el juego. La armonía reside precisamente en el movimiento acompasado, sutil (suave o violento no es lo importante) y el movimiento es el sentido mismo de la pareja, porque significa no detenerse, no aceptar quiebres sino cadencias, no admitir rupturas sino hermosos sobresaltos. Es la diferencia entre una tormenta que abate a un avión y una turbulencia que lo sacude, lo aviva, lo recoloca en su ruta. Si las turbulencias son a los aviones lo que los caminos de ripio a los automóviles, en el amor las turbulencias nunca son peligrosas.

-Madre mía, pareciera que te leíste a la Ilse Soderberg completa.

-Tenés razón, Rafa -me rendí, de golpe, y también prendí un Lucky-: uno se mete con el amor en un cuento y resulta un plomazo. ¿Por qué será que no podemos evitar caer en la teorización amorosa, y siempre que está el amor en un cuento acabamos arruinando la trama, el texto?

-Porque el amor es cursi *per se*, Cardozo. ¿Te fijaste que hasta la Real Academia patina para definirlo?: "Afecto por el cual busca el ánimo el bien verdadero o imaginado, y apetece gozarlo". Habráse visto... ¿Qué culpa tenemos después nosotros al meter el amor en un cuento? Por eso sostengo que el amor literario deviene casi siempre en confusas formas de sensualidad, de tragedia, de cachondería.

-¿A lo mejor es una autodefensa de los escritores, che?

-Eso suena interesante. Pero de todos modos, creo que mi hipótesis sólo explicaría fragmentos; no la totalidad. Supongamos que una mujer pronuncia, en un equis capítulo de novela, este discurso: Cuando lo conocí, Pocho era un tipo insoportable, pintor pero mediocre, un acuarelista de paisajes con río y esas cosas. Y obsesivo con dárselas de culto. Típico chorro cultural de pueblo chico. Un flaco de esos que coleccionan fascículos de historia del arte. En su vida ha visto un cuadro como la gente pero de tanto mirar láminas en libros caros se fue forjando una cultura como para decir, por ejemplo, "Sí, Fulana tiene una mirada expresiva y sugerente como la de las mujeres de Renoir". O: "Fijate, esa mina es lánguida como una mujer de Modigliani", y lo dice de lo más infatuado y con la voz engolada, y dejándola a una sin saber si lo dijo por el cuello estilizado o por la nariz de triángulo isósceles. Y sin embargo, en ocasiones metía bocadillos notables. Por ejemplo un día me preguntó: "¿Vos te imaginás lo que hubiera hecho Leonardo con un Rotring?" Y agregó, lanzado: "Y qué no hubiera pintado Miguel Angel con biromes y acrílicos". Y aún dijo otra genialidad: "Los primitivos flamencos no usaban marcadores". A medida que lo fui conociendo, advertí que sus mejores talentos eran el humor y el amor. Para eso siempre estaba inspirado. Y aunque era snob, a mí esas cosas de los hombres me encantan. Por lo menos mientras están en esa etapa. Porque después, es un hecho, les aparecen los vicios y cuando una les hace un planteo, una de tres: o se van, o se duermen, o se ponen a trabajar. Es lo que siempre hacen los hombres.

-No parece un discurso muy femenino que digamos -me permití acotar, y cerré los ojos y arqueé la espalda apoyándome las manos en los riñones, porque estaba agotado.

-Bueno, yo no soy Flaubert. Ni Cardozo... -se rió, burlón, achicando sus ojitos de bisturí-. Pero lo que me importa significar es que es en los discursos femeninos, y sobre todo si son fragmentarios, donde el amor puede no resultar literariamente cursi.

Yo no tenía respuesta para eso. Me quedé mirándolo por encima de mi vaso otra vez semivacío. Rafa continuó:

-Escuchá este otro fragmento, que sigue al anterior: La verdad es que Pocho y yo casi no hablábamos de sentimientos porque era algo que estaba implícito. Implícito es una forma de decir que sabíamos que nos amábamos y que podíamos pronunciarlo, aunque lo más interesante no eran las declaraciones sino la práctica. Es como cuando se piden definiciones taxativas para comprender las nuevas ideas; las exigen los mediocres, porque sus mentes esquematizadas son incapaces de comprender que no hay mejor definición que una práxis. Es la práctica misma la que define los hechos nuevos, y en ese sentido las palabras no es que sobren ni que se hayan vuelto innecesarias, sino que a veces los hechos son anteriores a las palabras y hay ciertas prácticas que todavía no tienen designaciones apropiadas. Se puede tener una ilimitada imaginación; pero la cantidad de palabras para expresarla es finita. Entonces, lo que necesitamos es conocer todas las palabras para combinarlas ad infinitum; es así como el lenguaje sirve para la imaginación. Y en el amor esto sucede muy a menudo. Pero también sucede que hay palabras cuya combinatoria no alcanza a ser instrumento suficiente para las explicaciones. La sutileza suele prescindir de las palabras. La gestualidad a veces es más rica que una representación. De modo que para nosotros lo implícito era suficiente y no siempre nos exigíamos manifestaciones verbales, o no más que las indispensables para completar un gesto, una caricia, una broma.

-También eso huele a la Ilse, Rafa. Pero está interesante. ¿Sigue? ¿Te lo acordás de memoria?

-Escuchá, escuchá: El humor también nos unía y la risa era como un ruido necesario para coronar ciertos silencios preciosos; más o menos como el de una tarde que se quiebra no por la obviedad del canto de un pája- ro sino por el deslizarse de una ardilla en un tronco, o por la caída de una hoja en el agua de un charco. Sabía- mos reir de nuestras diferencias, porque éramos dife- rentes pero todo nos vinculaba de un modo íntimo, inexplicable: los gustos, la bronca, el calor, el frío, las pilchas, For Ever o Sarmiento, porque ése es el chiste, decía Pocho, entre iguales un amor no tiene gracia, Carlita, y me abrazaba, lo que cuesta un huevo es estar enamorado entre diferentes, decía, y además ser mili- tantes de la diferencia...

-Eso es parte de la novela que está escribiendo la Il- se, a mí también me la dio. Pero una cosa, Rafa, son los fragmentos de novela y otra los cuentos. Un fragmento puede sostenerse aparentemente como cuento. Pero só- lo aparentemente.

-Yo hablaba del amor.

-Hablábamos del amor en la literatura. De la litera- tura y el amor. Que para vos y para mí son las únicas cosas que importan en esta vida.

-Y en la otra también. Pero la verdad es que hablá- bamos de tantas cosas que ya nos perdimos. Si este diá- logo se escribiera y alguien lo leyese, se haría un lío. Debemos estar muy borrachos, Cardocito.

-A mí todavía me quedan historias. Que si no son historias, son retazos, o fragmentos de posibles frag- mentos. Miradas, si querés, viste que la palabra mirada suena tan lacaniana...

-¿Desde dónde me lo decís? -y soltó una carcajada, Rafa. Prendió otro Lucky y tiró el paquete vacío al suelo, que lo recibió un poco a lo Sísifo porque un rato antes lo habían baldeado, como todas las madrugadas.

-En una época el Chaco era una tierra en la que los chamamés no se bailaban, como ahora, haciendo payasadas y gritando zapukays desafinados y roncos para diversión de los fatuos porteños de ahora. Esos que hablan "del país" pensando sólo en Buenos Aires, o en la pequeñez municipal de sus horizontes barriales. Una vez me tomaron por loco fantástico el día en que en una reunión describí a los indios cullus o culluyes, habitantes del norte chaqueño a orillas del Pilcomayo en el siglo diecisiete. Los cullus se caracterizaban por los cuernos naturales que les crecían en la cabeza. En lengua quichua también se les llamaba Suripchaquin, o sea pies de avestruz, porque estos indios no tenían pantorrillas y sus pies remataban el empeine en forma de pata de ñandú. Eran indios de altísima estatura, más veloces que los caballos y capaces de disparar tres lanzazos a la vez a sus enemigos o a los animales que cazaban.

-Está bueno, eso -dijo Rafa-. Muy onda realismo mágico, pero está bueno. Lo real maravilloso es un recurso muy trajinado pero siempre eficaz.

-Lo peor de la incredulidad de aquellos tarados es que ni siquiera fueron capaces de admitir que lo de los cullus está todo documentado.

-Escuchá lo que dice la Ilse en otro fragmento: Cuando él me hablaba así, sentado a los pies de la cama, en calzoncillos, yo era feliz y me entregaba como un bebé. Tenía la inocencia de los indiscretos que invaden la intimidad de la gente y no se dan cuenta o no les importa. Y me erguía levemente y me apoyaba en un codo, y lo miraba con una sonrisa de estúpida felicidad, como la del que orina en el mar en una playa atestada de gente. En público, sin embargo, procedíamos distinto. En todas las reuniones nos cuidábamos de saludarnos discretamente, como simples camaradas de una desventura. Pero teníamos perversas fantasías, como corresponde a todos los amantes. Una noche, durante una fiesta de fin de año en el Club del Progreso, subimos al primer piso e hicimos el amor en el baño que está junto a la biblioteca mientras abajo el hervidero de gente, mi marido, su mujer, amigos y amigas, autoridades y público, pululaban y bebían como festejando ese coito maravilloso, excitante, salvaje que nos regalamos, semidesvestidos, yo con una pierna en el piso y la otra sobre el lavabo, y él adentro de mí empujando como una topadora, fundidos como dos barras de estaño hirviente, calcinados durante un par de fugaces minutos al cabo de los cuales logramos un orgasmo monumental cuya expresión oral fue un mismo grito de triunfo y alegría que sin embargo reprimimos tapándonos las bocas y mordiéndonos los hombros, para luego jugarse la patriada (Pocho) de salir solo al pasillo cuando creía que no había nadie esperando turno (habían golpeado dos veces a la puerta, y fue él quien respondió "ocupado") para que pudiera salir (yo) disparada como un chico con permiso de tomarse todos los helados del mundo.

-La verdad es que la Ilse logró un buen tono en su novela, pero no me lo imagino en un cuento -interrumpí yo, y me mandé el final de la ginebra.

Rafa siguió, imperturbable y con los ojos cerrados, hablando como un poeta, no sé si han visto a un poeta recitar sus propios poemas: cierran los ojos y los leen en sus párpados acompañándose musicalmente con las manos, que mecen en el aire como si fuesen dos batutas.

-...La intimidad de los amantes lo permite todo, pero sólo cuando se sostiene en base al respeto y la confianza, valores que se amasan como se amasan los cuerpos antes y durante la posesión. Por eso es que cuanto más se conocen los cuerpos, más se necesitan, más se sienten y presienten y es mayor la posibilidad y la necesidad de compartirlo todo. Sólo entonces parece posible que los límites no sean transgredidos sino integrados. Así les pasaba a ellos, y por eso podían soportar la neurosis que a veces traía Carlita de la Facultad, o las inseguridades y desalientos que acosaban a Pocho. Y no es que todo terminara siempre en la cama -lo que también sucedía-; lo importante era que se bancaban las peores partes de cada uno, esa necesaria contrapartida que se exigen los amantes cuando ya se han entregado también lo mejor de cada uno. Y así la inestabilidad de él era, para ella, peligrosa y hartante pero soportable; y así los cambios bruscos del humor de Carlita eran para Pocho desgastantes y productores de un desequilibrio que lo enfurecía, aunque también eran tolerables.

-Eso último es muy flojo -lo paré-. ¿Ves, Rafa, cómo el amor literario siempre termina derrapando hacia lo cursi? ¿Te das cuenta que es inevitable?

-Es que las cosas del amor, Cardozo, en Resistencia siempre son así: un largo y trabajoso camino hacia una especie de nirvana kistch. Lo que importa no es el amor, en definitiva; lo que importa es que los demás no se enteren. Y es por eso que el temor al ridículo los hace caer en situaciones ridículas constantemente.

197

-Quizá la Camelia Morgan tenía razón. Aunque arrepentida de no haber tenido nunca un amante, así y todo fue virtuosa.

-Sí, pero se pasó la vida soñando con tener un señor con pollo en la puerta.

-No tiene nada de malo, Rafa. Es lo mismo que hacemos los cuentistas. Exactamente lo mismo.

-Mirá, está amaneciendo -el limpio dedo índice de Rafa señaló la claridad que se asomaba por la ventana-. Vamos, que se nos acabó el tiempo.

Entonces pagamos la cuenta y salimos a la mañana, que ya tenía en el aire el impecable frescor de abril, aroma de jazmines y el piar de una bandada de golondrinas. Nos despedimos en la esquina de la plaza, borrachos y desoladoramente tristes. Rafa se fue, en silencio, a tomar el micro que lo llevaría a Barranqueras. Y yo, con paso inseguro, rumbeé hacia los lapachos preguntándome para qué, el tiempo para qué. •

Santa Catarina / Buenos Aires, verano del '93.

Esta edición
se terminó de imprimir en
RIPARI S.A.
General J. G. Lemos 248, Buenos Aires
en el mes de junio de 1993